Os problemas de Catherine Lacey

Andes Hruby

Os problemas de Catherine Lacey

Tradução de
DOMINGOS DEMASI

EDITORA RECORD
RIO DE JANEIRO • SÃO PAULO

2003

CIP-Brasil. Catalogação-na-fonte
Sindicato Nacional dos Editores de Livros, RJ.

Hruby, Andes
H857p Os problemas de Catherine Lacey / Andes Hruby; tradução de Domingos Demasi. – Rio de Janeiro: Record, 2003.
256p.

Tradução de: The trouble with Catherine
ISBN 85-01-06439-4

1. Romance americano. I. Demasi, Domingos. II. Título.

CDD – 813
03-0638 CDU – 821.111(73)-3

Título original norte-americano:
THE TROUBLE WITH CATHERINE

Impresso no Brasil

ISBN 85-01-06439-4

PEDIDOS PELO REEMBOLSO POSTAL
Caixa Postal 23.052
Rio de Janeiro, RJ – 20922-970

CÓPIA NÃO AUTORIZADA É CRIME
ABDR
ASSOCIAÇÃO BRASILEIRA DE DIREITOS REPROGRÁFICOS
RESPEITE O DIREITO AUTORAL
EDITORA AFILIADA

Para os meus avós, Paul e Eva Keller. Apesar de nenhum de vocês estar vivo para segurar este livro, sou eternamente grata por sua confiança em mim.

Danke für immer Daumen halten.

Em memória do capitão William J. Lacey

3 de fevereiro de 1945-1º de abril de 1999

Sumário

1

Chás de Verão

Aos vinte e nove anos, achei que devia me casar. Se soubesse então o que sei hoje, eu teria agarrado um cachorro velho em vez de um homem jovem.

No segundo sábado de agosto, depois de um interminável e irritante verão de calor escaldante, eu me encontrava diante de quarenta mulheres que esperavam que eu me casasse no segundo sábado de setembro. Eu estava em dúvida sobre o que ia fazer, mas ficava achando que, pelo fato de todo mundo querer que o casamento acontecesse, então eu também deveria querer. Durante os últimos anos eu havia adaptado a meu modo o negócio de importação de peixes de meu pai e, ao mesmo tempo em que começavam a aumentar as responsabilidades em minha carreira, também passei a notar que todas as minhas amigas estavam divididas em dois grupos: casadas e descasadas. Ingenuamente, eu supunha que amor e casamento se ajustariam do mesmo modo que a minha carreira, mas, enquanto eu me saía bem no mundo dos negócios, havia um movimento silencioso acontecendo. A palavra *independente* tinha saído de moda. *Independente*, ao que parecia, tinha se tornado o código para "mulher difícil".

Durante toda a minha vida eu havia sido meio estigmatizada como a pirralha do cais e, à minha maneira, queria e esperava que o casamento me tornasse uma mulher mais fácil. Homens não se casam com machonas; eles se casam com mulheres. Se eu ficasse noiva, significaria que tinha crescido e deixado de ser a pirralha durona da barraca do pai no Cais 17. Significaria que eu me tornara suficientemente madura para ser chamada de esposa de alguém.

Steve pareceu a pessoa certa para mim quando estávamos lendo os jornais numa manhã de domingo, meses atrás. Eu tinha o *Daily News* e ele estava mergulhado no *New York Times*. Após passar os olhos pelas manchetes, eu sempre pulava as primeiras páginas e ia direto para as colunas de fofocas, para saber o que acontecia nos restaurantes dos meus clientes. Não fosse pelo pequeno papel datilografado enfiado ali, eu teria deixado totalmente de ver o anel colado com fita adesiva na parte de cima da coluna. A inimaginável limpidez do anel e sua tira de platina ficavam transparentes contra as letras cinzas e pretas do jornal. Ele havia escrito inteligentemente:

> Estonteante peixeira funde-se com sócio minoritário do escritório Scudder, Scadden, Skipowitz e Dawn. A galera vibrou quando eles caminharam pela prancha e saltaram para o pôr-do-sol.

Por um momento fingi não notar aquilo e observei os olhos de Steve dispararem metodicamente de um lado para o outro na parte de cima da página de economia. Dobrei meu jornal ao meio e o mantive na mão direita enquanto enfiava o dedo anelar no anel. Olhei por cima do jornal e o encarei com um sorriso indiferente, como se nada de extraordinário tivesse acontecido. Depois que ele jogou na mesa o noticiário do mercado de capitais, percebi que estava ansioso.

— Café? — vociferou.

— Para sempre — respondi e pulei para o colo dele, emocionada.

Meu movimento repentino pegou-o de surpresa, e ele reclinou-se na poltrona. Eu avancei tão rapidamente que meu peso derrubou-o no chão. Ao esticar os braços para me preparar para a queda, senti o anel prender em alguma coisa mole antes de rasgá-la. Steve ficou com um profundo arranhão que ia do canto da boca ao lóbulo da orelha e que o afligiu durante o resto do dia toda vez que ele sorria.

A altura do anel e os cantos dos engastes foram coisas com as quais nunca consegui me acostumar. Eu sempre o prendia em sutiãs, punhos de camisas e no zíper de minhas calças, quando enfiava alguma coisa nelas. Diga-se a favor de Steve que ele transformou a proposta de casamento numa grande história, que sempre terminava com a frase:

— Já imaginaram? Eu talvez seja o único sujeito do mundo que levou um gancho de esquerda da noiva no dia em que a pediu em casamento!

Suponho que, se eu tivesse prestado atenção, poderia ter previsto que o roteiro se repetiria.

No meu chá de panela, notei que as mulheres casadas terminaram o champanhe e deixaram o seu café esfriar. Fiquei com os braços enfiados até os cotovelos em água com sabão para que ninguém visse minhas mãos tremerem. Minha mãe observava todos os movimentos que eu fazia, porque sabia que eu estava em dúvida. Ela começou a desconfiar desde o instante em que lhe mostrei o enorme diamante e passou a observar o modo desajeitado com que me movimentava quando o usava.

Quando alguém chamou a atenção para o meu nervosismo ao manusear os presentes, ela interrompeu:

racterísticas e idiossincrasias que eu desejava em um parceiro era tão extensa que se tornou uma piada entre as minhas amigas. Eu buscava o impossível porque, na verdade, não queria um marido. A lista era o único modo através do qual eu podia fingir que sentia o mesmo pânico de todas as demais e que estava à procura de alguém, em vez de apenas trepar com quem era do meu agrado.

— A camisa dele estava enfiada para dentro da calça?

— Estava.

— Ele usava cinto?

— Não — falei.

— Ele convidou você para sair novamente?

— Convidou.

— E você vai?

— Sem cinto, nada de segundo encontro.

— Mas ele não corre a maratona?

— Corre.

— E então? Por que não um segundo encontro?

— Sem cinto, nada de segundo encontro — eu disse com firmeza.

— Você é muito intransigente.

— E não pretendo mudar.

Quando conheci Steve, ele preencheu mais exigências da minha lista do que qualquer outro até então. Ele havia morado em um país estrangeiro, falava uma segunda língua, engraxava os sapatos, cuidava das unhas, mandava lavar sua roupa fora, aparava os pêlos púbicos, escovava os dentes (e pretendia usar fio dental), comia carne, bebia álcool, gostava de sobremesa, corria a maratona, não fazia estardalhaço por causa de fluidos corpóreos, não havia padrão de calvície masculina em sua família, tinha mais de um metro e oitenta de altura, nunca tomava banho sozinho após o sexo, era formado por uma boa faculdade de Direito, gostava das estações, adorava ficção científica e filmes policiais, esperava algum dia praticar ioga, queria um cachorro, não gostava de gatos e achava que um filho era o suficiente. Eu não tinha nenhuma base verdadeira para dispensá-lo. Antes, eu preferia homens que me amarravam em cadeiras e pintavam meu corpo, mas meu tesão em levar estocadas com o pincel úmido de um pintor terminou depois que não consegui lavar uma paisagem vermelho escarlate que ia do meu pescoço aos dedos dos pés. Tive que explicar para todo mundo que eu havia experimentado uma fórmula caseira de imersão em suco de beterraba que supostamente diminuiria a celulite.

Minhas amigas ficaram contentes ao me ver saindo com alguém que usava na mesa de jantar uma calça que não estava suja de tinta. Adotaram Steve imediatamente e decidiram fazer vista grossa à opção de carreira dele como advogado de empresas. Nossos primeiros encontros não me deram nenhuma indicação do que seu círculo social abrangia. Fomos apresentados por um homem que eu conhecia do Clube dos Corredores de Nova York. Steve e eu tínhamos a mesma marcha de maratona, e ele estava ansioso para encontrar alguém com quem pudesse treinar de manhã cedinho. Eu sempre perdia tempo nos últimos quilômetros, da extremidade norte do Central Park até a linha de chegada, por causa do trecho que subia ligeiramente. Embora todos os anos eu soubesse que era essencial treinar no parque, ele ficava muito distante de onde eu morava, e treinar sozinha era um convite ao estupro. Nem Steve nem eu havíamos treinado correr com um parceiro, e a idéia agradou a ambos — principalmente depois da paquera em nossas primeiras conversas. Nenhum de nós parecia fazer nenhum esforço para pentear o cabelo ou manter uma aparência atraente às cinco e meia da manhã, e ficávamos despidos de qualquer coisa que pudesse nos alertar de que vínhamos de mundos diferentes. Nós tínhamos cronômetros de corrida, tênis tecnicamente eficientes, alguns suéteres maneiros e bonés surrados de beisebol. A primeira vez que ele me convidou para jantar fora, devíamos nos encontrar em um clube social em *uptown*, do qual ele era sócio. Ao chegar, fui informada de que não poderia ser servida no restaurante porque estava usando calças compridas; era exigido que as mulheres usassem saia no salão de jantar principal.

Na ocasião eu devia ter me mancado, mas à medida que a data do nosso casamento se aproximava, os problemas entre nós cresciam rumo a uma diferença crônica de personalidades em vez de conflitos de menor importância. Um homem que nunca soube o que é o trabalho operário não é um homem que deva se casar com uma mulher que passou os verões estripando peixes ou içando engradados para caminhões. Nas festas, ele repetia as melhores frases do *New York Times* e eu afirmava que era nas docas que a gente ouvia as histórias verdadeiras. Embora Steve sustentasse que apreciava minhas idiossincrasias, com o passar do tempo deixou de me defender. Enquanto eu penava naquele verão quente, em longos e tediosos churrascos na extremidade de Long Island, notava que ele mudara de opinião e podia perceber a sua esperança de que eu comprasse as sandálias em tom pastel que todas as outras mulheres usavam, em vez de sempre optar pelo conforto dos meus tênis baratos.

A cada casamento eu passava a me dar conta dos defeitos em nossa estrutura social. Noivas se embriagavam e lamentavam pelos amantes com os quais não se casaram. Os solteiros enxameavam o bar e evitavam dançar com qualquer mulher que estivesse usando um vestido de dama de honra de tafetá. Todas as mulheres queriam apanhar o buquê, mas nenhum homem se dispunha a levantar o braço para o símbolo. Corria à solta um boato perturbador de que o estresse provocado por pelo casamento levava a uma noite de insônia sem sexo ou à embriaguez extrema. As crianças pareciam as únicas a se divertir bastante nos casórios; o pessoal do bufê limpava os pratos repletos de legumes, enquanto a meninada comia o bolo de casamento afogado em licor de cereja marasquino roubado do bar.

Eu já tinha ido a dois casamentos ao ar livre. O primeiro foi em julho, no início da onda de calor do verão. Às dez da manhã, já estava ensopada por baixo de um vestido de dama de honra azul-cobalto. Enormes meias-luas de suor brotavam embaixo dos meus braços e seios. O fotógrafo mandou que todas nós, da turma da noiva, ficássemos de perfil e mantivéssemos os braços colados ao corpo, para que as manchas não aparecessem. Durante a recepção, três pessoas desmaiaram. As taças de champanhe estavam tão úmidas que uma delas escorregou da mão do padrinho durante o brinde e se espatifou no chão. A banda ficou desanimada, pois ninguém dançava. Homens e mulheres se demoravam nos banheiros do interior do hotel para aproveitar o ar condicionado. Ninguém prestava atenção à seqüência dos eventos programados. Metade dos convidados estava no interior do bar quando a noiva e o noivo resolveram cortar o bolo.

A noiva, Mônica, jogou as mãos para o céu e parou de tentar fazer com que tudo funcionasse. Era o seu dia, e ela não estava se divertindo. Então juntou as damas de honra para uma pequena reunião no banheiro perto do bar. Cada uma de nós se despiu até ficar de anágua e sutiã com enchimento, entornou algumas cervejas geladas e atravessou correndo o saguão e a tenda, indo depois na direção da piscina da propriedade.

Nós corremos pelo meio do bufê e por entre as mesas decoradas, dando risadinhas, guinchando e cacarejando como bruxinhas. Deve ter havido um momento silencioso de choque antes que qualquer um se mexesse. O ruído dos talheres batendo nos pratos silenciou completamente.

O fotógrafo levantou a câmera e nos fotografou correndo morro abaixo em direção à piscina. Na foto, seis de nós seguimos Mônica com o seu véu de noiva. Estamos longe o suficiente para parecermos gazelas no campo. Sob a luz do crepúsculo, nossas anáguas diáfanas e pernas nuas parecem caudas branquíssimas dançando pelo gramado.

A turma do noivo logo entrou na onda e incentivou todos os convidados a seguirem morro abaixo até a piscina. Cerimoniosamente, os parentes dos recém-casados deram-se as mãos e desceram marchando os degraus até a água ficar na altura dos joelhos. Pela primeira vez, em vinte e três anos, Mônica viu seus pais divorciados de mãos dadas. O bolo de casamento foi servido na piscina em pratos de plástico, e jogamos vôlei com os nossos arranjos de flores, até chegar a hora de a noiva e o noivo partirem na limusine. Aquelas entre nós que já estávamos comprometidas demos os nossos buquês para as serviçais, enquanto a noiva jogava o dela para primas distantes e mulheres que mal conhecíamos que estavam cheias de esperança.

A temperatura não deu refresco no casamento de Beverley, um mês depois. O calor penetrava ainda mais nas fendas de concreto e asfalto durante a última semana de agosto, agitando as superfícies da cidade como um vulcão latente. Verões quentes assim geram dissabores.

Beverley tinha abandonado um ótimo emprego em uma firma de vendas pelo correio, em Vermont, para ficar com Darnel em Nova York. Casar-se com Darnel significava que ela estava se casando com Nova York. Darnel prometeu-lhe uma vida com um jardim, e em poucos meses encontrou uma bela casa de tijolos no Brooklyn. O terreno do jardim tinha ervas daninhas na altura do joelho e uma piscininha infantil abandonada pelo locatário anterior. Beverley, assim que levou embora a piscina de plástico em um carrinho de supermercado, viu um campo fértil cercado de concreto à espera de um toque de amor. O amor tem um poder espantoso quando está ao seu lado.

Tudo o que Beverley queria para as suas núpcias era estar cercada pela natureza, mesmo que isso fosse apenas um desenho colorido num vaso com fundo de vidro. As damas de honra usavam vestidos verdes no tom de folhas de cebola viçosas, e Beverley vestia uma roupa com matiz de flor de íris e um véu amarelo. Quando nos reunimos no pequeno saguão no interior de uma igreja do Brooklyn, cada brisa soprava pólen pelo aposento e provocava uma ópera de espirros. Apenas os saudáveis pulmões de Vermont de Beverley estavam acostumados a tamanha concentração de pólen. Todos os que viviam ao sul de Westchester County passaram o dia se assoando em seus guardanapos de pano e espirrando nos cestos de pão.

O barman conseguiu um vidro de anti-histamínico e, se você lhe desse uma boa gorjeta, ele fornecia uma pílula junto com a sua bebida. A ingestão de remédios vendidos sem receita médica com champanhe criou uma turma de bêbados ligadões. Quando o pessoal do bufê implorou para a gente ir embora, nos mudamos do salão da recepção para a suíte da lua-de-mel. Impedimos que a noiva e o noivo consumassem o casamento, brincando de jogos de bêbados como Eu Jamais e Seis Passos para Kevin Bacon, até o céu voltar a ficar iluminado.

Antes de Steve, não precisava amar alguém para fazer sexo, nem me importava se o homem com quem eu tinha dormido me telefonava depois. O número de homens que deixei na cama com os lençóis ainda quentes era maior do que o daqueles com quem me importei em passar a noite inteira. Eu saía com rapazes legais desde que eles soubessem fazer sexo selvagem.

Para as minhas amigas, minhas escapadas tinham como origem um substituto para a infidelidade; elas me chamavam de Catherine Maluca. Ouviam as minhas histórias de devassidão, sexo bizarro, abuso de bebidas pesadas e até experiências com drogas, sem nunca terem sido infiéis em seus próprios relacionamentos. Quando minhas amigas achavam que tinham se comportado mal, ligavam primeiro para mim; era raro elas me superarem nas confissões. Depois que fiquei com Steve por mais de seis meses, todas pareceram muito felizes ao ver que eu havia me acomodado e continuava querendo a aprovação delas. Eu me cansei de defender minhas opções. Meus namorados e amantes sempre foram a diversão dos outros nos jantares festivos. Steve era solteiro e heterossexual. Não tinha filhos nem doenças. Tinha seguro de saúde e plano de aposentadoria. Eu estava me tornando parte de um grupo de amigas que aumentava, virando "casais". Agora, como o resto de minhas amigas, também me preocupava com a maneira de arrumar os armários se fôssemos morar juntos. Revelava segredos sobre os hábitos pessoais de Steve e minhas amigas também me contavam coisas sobre seus maridos que as deixavam loucas. Pela primeira vez na vida, eu estava me tornando uma das "meninas".

Emily foi a próxima a se casar naquele verão que parecia uma sauna sufocando lentamente. Ela deixou de ser uma mulher inteligente, bem informada e frugal para se tornar uma beldade sulista pródiga e extravagante. Planejar um casamento é como ficar completamente bêbado; todas as coisas que você jamais faria ou diria subitamente surgem com muita facilidade. Um casamento é a chave secreta para conhecer suas amigas. Ou é o reflexo de quem você achava que elas eram realmente, ou o sonho idealizado do que desejam ser. Em qualquer um dos casos, durante os últimos meses me tornara totalmente incapaz de reconhecer Emily.

Concentrei-me em entabular conversas que não envolvessem os preparativos do meu casamento. A longa lista de miudezas, organização das mesas e impressos de agradecimento, decisões que as noivas supostamente adorariam tomar, era algo insuportável. A última coisa que eu queria discutir no meu tempo livre do trabalho. Eu me tornara tão irritada e aborrecida com o papo constante e animado de Emily sobre as suas núpcias, que suspirava e revirava os olhos quando falávamos ao telefone. Se eu estivesse mais disposta a enxergar as falhas da minha própria situação, talvez percebesse que estava com ciúmes pelo fato de ela desfrutar do processo de planejamento de seu casamento, visto que, para mim, essa coisa se tornara apenas um fardo.

Havia uma estranha mistura de gente no casamento dela. Metade era da idade de Emily, um grupo frustrado de quase trintonas que não tinham se dado muito bem, e a outra metade lembrava os Beatles e a Kent State. O noivo de Emily era um homem amável e brilhante de quem ela tinha sido aluna. Os amigos deles tinham uma impressionante formação acadêmica e empregos mal pagos como professores. Era o tipo de gente que se exercitava tanto para ser politicamente correta que chamava o barman de "empreendedor autônomo".

O início da cerimônia atrasou. A maioria de nós estava tão acostumada com as nossas repetidas posições nos bancos da igreja, que levamos algum tempo para perceber que a harpista tocou seis vezes a marcha nupcial e que o "empreendedor autônomo" começou a servir drinques na sala de festas vizinha à tenda de recepção. No meu estado de espírito agressivamente melancólico em relação ao matrimônio, fui a primeira a concluir que jamais a veríamos com o vestido e os sapatos que combinavam com o bufê, os arranjos de flores, as fitas das cadeiras e os menus kosher de inspiração asiática.

Depois de uma hora, Beverley olhou para mim e perguntou:

— Não devíamos ver o que aconteceu?

Minha tolerância era mínima. Eu estava irritada com Emily desde que ela tinha decidido enfiar suas duas irmãs nos vestidos de damas de honra sem perguntar se nós concordávamos. Eu achava que, se agora estava precisando de alguma coisa, tinha as irmãs dela. Beverley era mais generosa.

Nos fundos da pequena pousada, ao final de um escuro e estreito corredor, encontramos a suíte nupcial. Batemos na porta, duas vezes.

Uma das irmãs atendeu, semivestida.

— O que foi?

— Queremos saber se está tudo bem — expliquei.

— Claro que está tudo bem — disparou ela de volta.

— Vocês estão uma hora atrasadas — observou Beverley.

A irmã mais velha fechou a porta e falou:

— Tomem mais um drinque, nós já estamos indo.

Ficamos abismadas. De volta aos nossos lugares, sem nenhuma história para contar, dissemos em uníssono:

— Tomem mais um drinque, ela já está vindo.

Quinze minutos adicionais transformaram-se em meia hora até que uma das irmãs, finalmente, falou com um dos acompanhantes. De repente, todos nos levantamos ao mesmo tempo e vimos Emily entrar debaixo de um guarda-sol. Beverley arfou levemente e eu segurei a mão dela; Emily vinha empertigada, com os ombros jogados para trás. No alto do seu véu simples, de tom rosa, encontrava-se uma vistosa tiara de imitação de diamantes. Ela caminhava ao lado do seu pai, grisalho e exasperado, como se estivessem prestes a brincar de pegar.

Depois que o pai grisalho a entregou ao noivo grisalho, puxei Steve para perto de mim e o amei por ser diferente da minha família.

A primeira vez em que nossos pais se encontraram, fizemos de tudo para evitar desastres. Escolhemos um restaurante neutro, famoso pelos seus filés, e permanecemos longe de clubes de campo e lugares onde clientes escolhiam frutos do mar frescos. Eu sabia que meu pai veria defeitos no desfile dos bens materiais de que o pai de Steve, Steve Sênior, generosamente desfrutava. Minha mãe acharia Gail, a mãe de Steve, irritante, todas as vezes em que esta decidisse que simplesmente *precisava* levá-la ao seu salão de beleza favorito para um tratamento. Eu já tinha passado por vários tratamentos de beleza no spa especial de Gail, que deixaram minha pele em carne viva ou irritada. O que Steve (Jr.) e eu não conseguimos prever foi que acontecimentos aleatórios e o destino criariam uma detalhada trama policial de alguma forma assombrosa e incômoda para todos os envolvidos.

Meus pais já se encontravam na cidade, comigo no escritório, depois de uma rodada de entregas exaustiva que eu tinha feito na manhã de sábado, pois um cargueiro que eu esperava na quinta-feira só havia conseguido liberação da alfândega após a meia-noite de sexta. Steve Jr. tinha enfrentado o tráfego do fim de semana para a casa dos pais e havia passado o sábado jogando golfe com Steve Sr. A dicotomia de um dia passado entregando peixe ou sacudindo tacos de golfe já dava um tom ruim, e às três horas telefonei em pânico para Steve Jr. implorando que ele não viesse. Ele me ignorou. Steve Sr. estava ansioso para dirigir o seu novíssimo Mercedes Roadster superluxo conversível pela estrada com pedágio. Se Gail não tivesse colocado sua bolsa de couro de grife com alça de corrente metálica atrás de si, antes de Steve Sr. baixar a capota do conversível, talvez o tecido do teto não tivesse se aberto com um rasgão quando ela a puxou do meio das dobras para pegar um tíquete.

Quando Steve Sr. chegou, tinha perdido o seu rubor pós-golfe e meu pai estava com um cerrada barba por fazer, já que andara brigando com guardas de trânsito femininas desde as seis da manhã. Steve Sr. recusou-se a deixar o seu conversível novo mas levemente danificado na garagem que eu usava para guardar meu velho Mustang. Em vez disso, convidou meu pai para atravessar a ponte do Brooklyn, no seu *brinquedo* favorito, até a churrascaria Peter Luger. Vi meu pai se encolher diante de cada termo carinhoso dirigido ao carro e depois delicadamente se prender com o cinto no banco do carona. Eles estavam muito à frente de nós quando Gail começou a reclamar da falta de cintos de segurança nos bancos traseiros do Mustang 1964. Como sempre, Steve discutiu comigo sobre quem deveria dirigir. Nenhuma outra pessoa havia dirigido o carro, a não ser manobristas e o velho senhor que o vendera para mim. Frustrado, viajou no banco do carona, pela segunda vez naquele dia, e ficou chateado. Não vimos o acidente que Steve Sr. provocou, mas durante todo o resto do meu noivado eu seria capaz de visualizar cada momento dele.

Steve Sr. falava com as pessoas com uma familiaridade que incluía socos nos ombros e tapas nas costas. Apesar de meu pai ser um homem sociável, esse falso senso de intimidade lembrava-lhe corretores de seguros. Parece que Steve Sr. encenava uma piada sobre um macaco, seus testículos e uma espingarda quando saiu da pista na extrema esquerda e passou para a do meio. Com isso, bateu seu farol dianteiro direito no pára-choque traseiro de um Ford Pinto 1967, com sete homens de turbante escondidos em seu interior.

Após examinar seu carro, Steve Sr. grunhiu:

— Seus patifes, vocês não podem dirigir com lençóis sobre os olhos!

Meu pai, com o sangue de imigrante prestes a ferver, berrou:

— Nem todo mundo consegue ver aonde *você* vai, porque não presta atenção.

Sempre que contava a história, meu pai deixava claro que achava Steve Sr. o tipo de homem que via a si mesmo com tanta afeição, que acreditava que as pessoas deviam ficar de olho nele o tempo todo.

Ninguém do Pinto foi capaz de apresentar uma carteira de motorista do estado de Nova York, nem um cartão de seguro. Era óbvio, pela densa água em seus olhos, que as ameaças e a ira de Steve Sr. fizeram com que pensassem em um lugar para o qual não queriam voltar. Quando Steve Sr. sacou o celular, meu pai interveio:

— Em nome de Deus, o que está fazendo? — perguntou.

— Chamando a polícia.

— Para quê?

— Preciso de um laudo policial para o meu seguro.

— Nenhum tira iria se deslocar até o meio da ponte do Brooklyn para ver uma lanterna quebrada, a não ser que a cabeça de alguém estivesse presa a ela.

— Trata-se de uma lâmpada halógena opcional fabricada unicamente para os modelos de luxo da Mercedes.

— E daí? Você quer uma lâmpada nova para o seu brinquedinho?

— Esses cabeças de pano terão que me comprar um conjunto novo de lanternas no valor de dois mil dólares, ou voltarão para a cadeia, que é o lugar deles!

— Acho que o lugar deles é na Palestina, mas não estavam contentes por lá. Já esqueceu? Esta é a terra onde recebemos os famintos, os sem posses, e até mesmo quem não pode comprar lanternas que deixam você cego em todos os ângulos da estrada.

— Como pode defender esses parasitas? Eles provavelmente estão saqueando o nosso sistema! O sistema que construí para a minha aposentadoria, com os meus impostos. Eu seria capaz de comprar um novo estojo de tacos de golfe de titânio com o dinheiro que eles conseguem fraudulentamente em tíquetes de alimentação.

Meu pai viu sete homens com unhas sujas e cicatrizes nas mãos provocadas pelo manuseio de máquinas a vapor. Suas roupas tinham grossas manchas de graxa; os joelhos de suas calças de trabalho estavam puídos. Meu pai detestava mendigos, mas tinha um grande coração para operários. Foi nesse momento que consegui ver o carro de Steve Sr. na ponte. A longa fila de carros engarrafados no tráfego buzinava, motoristas sacudiam as mãos irritados e foi então que me dei conta de que nossos pais estavam retendo todo mundo.

Como eu ia dirigindo a apenas dez quilômetros por hora, vi claramente meu pai enfiar a mão no bolso, contar vinte notas de cem dólares e entregá-las a Steve Sr. Meu pai era o tipo de homem que nunca havia entrado para um clube, ou como sócio de uma cadeia de hotéis, nem tinha cartão de crédito, pois não gostava que lhe impusessem limitações. Mantinha grossos maços de notas à sua disposição para lhe garantir o poder de fazer suas próprias regras. Eu tinha certeza de que ele planejava pagar o jantar, e também estava certa de que tinha outro maço de notas aninhadas nos sapatos, para o caso de Steve Sr. decidir pedir um champanhe caro ou um vinho de safra. Gail me distraiu da reação de Steve Sr. diante do dinheiro, com os seus ruídos agudos alarmados depois que ela também notou que o marido estava envolvido em um acidente. Quando passamos pelo carro deles, meu pai já tinha voltado para o assento do passageiro e acenou para que continuássemos em frente.

Enquanto Steve Sr. se recusava a permitir que o manobrista estacionasse o carro, interrogamos meu pai.

Tranqüilamente, ele declarou:

— Perdi uma aposta sobre quanto custava um conjunto de tacos de golfe de titânio.

Uma frieza permeou a conversa durante o resto da noite, mas Gail nada notou, pois ela estava com uma lista de coisas que a minha mãe certamente *tinha* de fazer.

A caminho de casa, voltando do casamento de Emily, me senti culpada por ter me irritado com ela. Sua desesperada tentativa de fazer do casamento um momento tão decisivo em sua vida me entristeceu mais do que eu esperava. Aqueles telefonemas de uma hora de duração a respeito do vestido-sapato-bufê eram apenas o modo de ela se perguntar "o que eu estou fazendo?" Senti-me envergonhada por ter zombado dela nos últimos meses, ao perceber que o casamento ajuda a sarar as feridas do nosso passado.

Em cada um desses casamentos, os obstáculos dos acontecimentos nunca afetaram o amor entre a noiva e o noivo. Quanto mais eu descobria a respeito da personalidade de Steve, ao organizar as nossas núpcias, mais duvidava de que ele era a pessoa certa para mim. Eu precisava encontrar algum meio de entender se a minha relutância histérica era a explosão de um feminismo latente ou parte de um problema real com Steve, *antes* da prova final do meu vestido de noiva.

2

Mantenha Sempre a Sua Paz

O que primeiro me atraiu em Steve foram as brilhantes meias-luas na base de suas unhas bem tratadas. Ele era o oposto exato do meu pai desleixado. Mesmo nas manhãs em que corríamos cedinho, ele cheirava a sabonete e a sabão em pó. Ficar perto de Steve era sentir-se limpa — contudo, embaixo daquele exterior sob medida, ele costumava ser rude e sensual. Era um pouco bruto atrás de portas fechadas, xingando ou me dominando quando fazíamos sexo. Quando íamos a festas, eu me divertia com o segredo de seu lado transviado. Isso parecia baixá-lo ao meu nível de sobrevivência nas ruas, e não passou muito tempo para eu achar que ele talvez fosse um misógino. Fui criada em uma vizinhança barra pesada do Brooklyn, onde havia brigas, panelinhas e solidariedade, em um bairro cheio de sotaques. Nós xingávamos, vadiávamos e controlávamos uns aos outros com insultos e zombarias. As garotas que eu conhecia praticavam regularmente sexo anal e evitavam relações sexuais a fim de se manterem virgens para sua noite de lua-de-mel, mas as mulheres do círculo de Steve discutiam sexo como se fossem comerciantes. Sempre que usavam presentes novos e caros, provocavam umas às outras e perguntavam:

— Você deixou-o fazer ali?

Elas conseguiam relógios, pérolas, sapatos, férias, brincos e algumas até mesmo promessas de casamento.

Entrei na pequena varanda que dava vista para o East River. Steve estava concentrado em seu jornal, no sofá velho ligeiramente afundado que certa vez eu havia reformado mas, por falta de interesse, jamais mandara estofar novamente. A distância, o sofá parecia firme e bem jeitoso mas, quando você tentava se pôr à vontade, as almofadas afundavam para o chão.

— Quando vai ser a festa de gala do seu escritório que teremos que ir? — perguntei.

— Qual delas?

Dei uma olhadela por cima do jornal e depois o baixei para poder ver o rosto dele.

— A do Natal — mantive a parte de cima do jornal presa entre dois dedos, pronta para rasgá-lo ao meio.

— Seja boazinha — ele disse.

— É o jornal de ontem.

— Não tive chance de ler.

— Quando é a festa?

— O piche está derretendo no telhado e você está preocupada com uma festa que temos que comparecer em dezembro?

— Não seja condescendente. Eu tenho uma porção de pedidos extras para atender nessa época do ano. Preciso planejar com antecedência e cuidar para que as coisas funcionem sem problemas.

— Deixe o seu pai cuidar disso.

— É meu trabalho.

— Será que preciso me levantar deste sofá, largar o jornal, interromper o que estou fazendo e ligar para a minha secretária num sábado à tarde porque você precisa de uma resposta *agora*?

Ele tentou levantar-se elegantemente, sem amarrotar o jornal ou cair de volta para o sofá, mas não teve sucesso. O jornal ficou preso entre duas almofadas e quando, finalmente, ele o retirou, parecia um estranho pássaro de origami, que foi jogado com toda a força para cima de mim.

— O que diabos está havendo com você? — perguntei.

Ele parou diante de mim:

— Estou farto de ordens disfarçadas de perguntas.

— O quê?

— Tudo em relação ao casamento é feito antes mesmo de eu dar a minha opinião final.

— Steve, isso é insuportável! Você tomou a decisão final sobre onde será o casamento. Você tomou a decisão final sobre quem convidamos. Até mesmo reservou a nossa lua-de-mel sem me consultar!

— Eu consultei você!

— Procurar na Internet apart-hotéis onde a sua firma tem permuta não é o que chamo de tomar uma decisão em conjunto.

Steve deixou o aposento por um momento e pude ouvi-lo remexer nas gavetas da minha escrivaninha e nos papéis sobre ela. Ouvi-o seguir até a geladeira e pegar uma cerveja. A última porção de um sol escaldante descia atrás de um quebra-mar. Steve jogou alguns folhetos no meu colo e o esboço de uma sugestão para o bolo de noiva. A cerveja espirrou levemente no jornal quando ele torceu a tampinha para abri-la.

— Quem tomou todas as decisões? — indagou.

Folheei uma lista de opções de bandas, menus, bolo e champanhe.

— Não sabia que você tinha se ofendido com as minhas escolhas — observei.

Ele colocou a garrafa de cerveja gelada na testa.

— Às vezes, você fala comigo como se eu tivesse acabado de saltar de um caminhão carregado de nabos. — Comecei a me levantar, mas ele gesticulou com a mão para me deter. — Sou homem há trinta e dois anos e sempre fui bom nisso até ficarmos juntos.

— Você! Mas eu...

— Você quer provar que pode cuidar dos negócios? Tudo bem. Vá em frente. Mas não pode se mancar depois das cinco da tarde e deixar que eu use o pênis?

— Eu não sabia... — Mas é claro que sabia. Aquela discussão não era sobre quem escolheria o bolo ou o destino da lua-de-mel. Era sobre a minha necessidade de impor minha independência, minha necessidade de provar que não precisava de ajuda.

— Você *sabe*. Você faz tudo para me rebaixar. Eu ralo todos os dias num dos maiores escritórios de advocacia que existem, e há uma grande chance de eu me tornar sócio este ano. Em algum momento, entre você mandar em mim e sempre querer estar no controle, eu perdi a habilidade de me sentir totalmente atraído sexualmente por você.

Senti lágrimas correrem pelas minhas faces. Não houve fungadas ou choro de antecipação, apenas um jorro de água vertendo dos meus olhos. Foi um daqueles momentos em que a verdade dói tanto, que os seus olhos lacrimejam, mas você está totalmente convencida de que não sente nada.

— Pode responder a uma pergunta? — exigiu ele.

— Talvez.

— Você comprou um vestido para o nosso casamento?

Pude sentir os meus braços começarem a tremer.

— Você comprou um vestido para o nosso casamento? Comprou?

Pensei na comprida cauda de tule, no corpete duro e apertado, no pesado poliéster envelhecido para parecer um cetim da virada do século. Eu tinha feito duas provas e ainda faltava uma. Aquele vestido era meu, não importava o que acontecesse. Lágrimas pingaram do meu queixo para a clavícula.

— Ele tem uma cauda de dois metros — falei entre soluços. — Não posso devolvê-lo!

Ele colocou os braços sob os meus joelhos e axilas e me carregou para o quarto. Ficamos sentados na beira da cama até eu parar de chorar.

— Desculpe, querida. Não pretendia assustá-la com os meus gritos. Só queria saber se ia mesmo usar um vestido de noiva.

Enterrei a cabeça no pescoço dele.

— Você é tão dura, Catherine. Às vezes, fico imaginando o que é capaz de penetrar em você — observou.

— Você — admiti baixinho, sabendo que era uma mentira que estava contando para nós dois, pois eu não tinha forças para terminar o noivado naquele exato momento.

— Eu gostaria de achar isso, Catherine, mas não tenho muita certeza — ele disse.

Seu tom de voz satisfeito me fez sentir incompreendida e com pena de mim mesma. Ele sentia pena da garotinha que andara batalhando no cais e faltando à escola. Pensava que podia me salvar, mas não tinha certeza de que eu queria ser salva.

Ele trouxe seus lábios até os meus. Pude sentir que ele me queria, me apertando mais forte e começando a me desejar com suas partes íntimas. Eu me rendi mas, ao deslizar minha língua pelos seus dentes, senti a garganta apertar. Nosso ato sexual tornou-se uma batalha, cada qual lutando violentamente para ficar por cima. Foi rude, e não apaixonado. Steve usou o tamanho e a força contra mim; não se detinha diante de nada para me mostrar seu domínio e prendeu meus braços sobre minha cabeça. Manteve-me por baixo sem levar em conta o meu desconforto e investiu tão duramente para dentro de mim que arquejei de dor. Ele começou a me xingar e em seguida exigiu saber se eu ia ser a sua menina boazinha ou apenas o seu brinquedinho de trepar. Enquanto falava, seus olhos permaneceram fechados e descobri que ele mesmo não sabia o que ele acreditava que eu era. Continuou com um longo desfile de ameaças e obscenidades, até ejacular com tanta força que seu corpo estremeceu. Enquanto permanecia deitado sobre mim, suas palavras percorreram minha mente. Mesmo com todos os meus namorados barra pesada e de comportamento promíscuo, nunca permiti que ninguém me desmoralizasse. Steve enroscou-se a meu lado. Puxou o meu corpo para o suor do seu peito e passou as mãos pelos meus cabelos.

— Foi perfeito — disse.

Passamos a tardinha cochilando e ligamos o ar condicionado. Embora tivesse sido eu quem queria que passássemos juntos momentos de descontração, minha mente corria na direção da segunda-feira. Pude perceber que toda aquela situação com Steve tinha me levado ao limite, e eu precisava telefonar para Susan. Ela ainda estava no fuso horário de São Francisco, mas voltaria ao leste no final daquela semana, para a Pensilvânia, para os preparativos do seu próprio casamento; eu sabia que seria mais fácil encontrá-la pela manhã.

Steve e eu resolvemos correr depois do jantar. Um casal que corria junto supostamente permaneceria junto. Eu ainda não havia chegado ao ponto de ser capaz de passar quatro horas em um campo de golfe com Steve. Correr era o nosso esporte de casal. Eu me tornei corredora para me acalmar após as horas infernais com meu pai em nosso escritório. Correr me ajudava a escapulir para lugares onde minha mente era tranqüila e livre. Quando passei a correr em maratonas, me dei conta de que todas as pessoas sorriam educadamente umas para as outras e raramente se falavam; tratava-se da maior coleção de solitários que jamais se podia encontrar em um só evento. Após numerosos papos preparatórios e palestras sobre prevenção de danos à saúde, passei a ser uma obstinada em relação a ritmo e forma. Steve ainda fazia parte da turma do sem-dor-não-há-valor.

— No que está pensando? — quis saber Steve.

— Em nada — respondi, tentando transpor as superfícies de pedras soltas do mercado de peixe.

— Não existe isso de *nada*.

— Acho que estamos indo depressa demais.

— Você consegue correr no meu ritmo.

— Isso não é saudável.

— Minhas juntas lhe agradecem, mas minha gordura não — disse ele.

— Você quer uma longa lista de motivos pelos quais não deve malhar continuamente a oitenta e cinco por cento do nível máximo do seu coração?

— Você importa peixes ou se formou em medicina desportiva?

Pude sentir um aperto nos quadris e comecei a diminuir a marcha.

— Não faça isso! — vociferou Steve.

Corri ainda mais devagar. Ele correu adiante de mim e depois voltou para onde eu estava correndo confortavelmente ao lado da água.

— Satisfeita? — perguntou.

— Eu sei o caminho de casa — assegurei.

— Não faça isso.

Parei completamente.

— Você é um exagero de teimosa — queixou-se.

— Eu faço exercício para viver e não para você.

— Por que está fazendo isso?

Corri em outra direção. Quando achei que estava indo depressa demais e que Steve devia estar logo atrás de mim, parei. Ele havia escolhido a direção contrária. Estava escuro e eu estava sozinha. À noite, se estava com roupas de corrida, sentia a cidade contra a minha pele. Eu me achava durona, mas não há nada como uma sombra percorrendo um prédio para me fazer admitir minha fragilidade no interior de um moletom depois que escurece. É nessas poucas ocasiões que me lembro de que não sou o filho de meu pai.

Na esquina da rua Fulton, as lojas de turistas haviam retirado da calçada de pedras o restante dos artigos de suas promoções de verão e trancado as portas. Caminhei pelo Cais 17 torcendo para que, depois, eu não tivesse que arrombar o meu próprio prédio. Steve levava as chaves quando a gente corria, porque ele gostava de ouvi-las tilintar na cadência de suas passadas. Por estar chateado comigo, ele correria para bem longe, para "me dar uma lição". Continuei andando, pois sabia que teria de esperá-lo voltar para casa. Nós morávamos no segundo andar de um prédio de tijolos reformado, em cima da peixaria. O terceiro andar tinha sido usado como depósito e foi o meu primeiro apartamento, mas minha mãe o estava reformando lentamente. Creio que ela via a promessa de um quarto de criança no antigo sótão de teto inclinado. Steve estava decidindo se queria alugar ou vender o apartamento que tinha no Upper East Side; *ele* planejava transformar o terceiro andar no seu escritório caseiro.

O ar salgado e sujo revolvia minhas lembranças enquanto eu perambulava pelo cais. Quando criança, eu tinha passado tanto tempo nas docas que seria capaz de ouvir os ecos da minha infância entre os pilares apodrecidos. Havia o lugar onde beijara alguns dos rapazes italianos que trabalhavam nas docas, e me perguntei se meu pai realmente falava com as cracas para saber o que eu andava fazendo.

Durante a maior parte da minha infância, duas réplicas iguais dos navios de Robert L. Fulton ficavam ancorados no Cais 17. Uma havia sido transformada em hospital flutuante, e a outra era de propriedade de um jovem bêbado e ranzinza a quem todos chamavam de O Capitão. O Capitão herdara do pai a réplica do navio a vapor, bem como todos os direitos das concessões de venda de comida no cais. O problema do porto marítimo era que, na passagem de geração a geração, os acordos eram feitos com um aperto de mão. Era impossível para alguém provar quem realmente possuía as coisas. A cidade de Nova York e O Capitão vinham travando uma batalha jurídica havia mais de dez anos para decidir quem transformaria o porto em uma atração turística.

Meu pai e O Capitão gostavam um do outro. Eu os seguia em longas caminhadas em volta do navio afundando, ouvindo a incessante bomba d'água do porão. Durante os verões, quando eu tinha que trabalhar nas docas, O Capitão permitia que eu andasse de patins e ensaiasse sapateado (uma paixão efêmera) na pista do salão de baile. Uma brisa morna sempre soprava do East River através do salão.

Eu conhecia cada aposento, escada, respiradouro e vigia daquela embarcação. Ela me ajudou a entender por que os homens dão nomes a automóveis, aparadores de grama e aparelhos de televisão. O afeto que eu tinha pelo enorme modelo de navio a vapor me fazia dar tapinhas na lateral do seu casco e dizer coisas como "Como vai, garotão?".

Não havia nada melhor para mim do que passar uma noite sozinha naquele navio. Até mesmo a meninada mafiosa da vizinhança tinha medo de permanecer ali depois que o sol se punha, mas eu me fortalecia ouvindo o bater das ondas contra o aço de estibordo.

Havia uma sensação de assombro e perda no *Fulton*. Antigos espelhos sem uso guardavam a lembrança de mulheres apinhadas nos banheiros passando batom. Se eu ficasse tempo suficiente no navio, depois do rebuliço do dia e dos estridentes peixeiros terem ido embora, achava que podia ouvir as antigas canções suaves dos anos quarenta através dos sulcos da pista de dança. O sacolejo do velho navio me embalava num sonho.

O chão do salão de baile era sempre sujo e frio. Eu me deitava no centro, esperando o momento em que o porto ficava silencioso e eu podia mergulhar na fantasia. Tinha pouco tempo para aquecer as tábuas sob as minhas costas e desfrutar o silêncio até meu pai encerrar as suas transações bancárias e seguirmos de volta para o Brooklyn.

Certo dia, adormeci. Não ouvi meu pai me chamar, nem senti o sol se pôr, nem notei que o vento havia aumentado perigosamente sobre a água. Eu havia escapado para bem fundo da minha imaginação e dançava pelo salão de bailes, usando um vestido de seda, com um marinheiro que nunca mais voltaria a ver.

Já devia ter passado da hora do jantar quando uma das enormes portas que davam da cozinha para o salão se abriu. Não havia luz, mas eu conhecia cada rangido das dobradiças abandonadas. O ruído seco de borracha podre roçou na extremidade do tapete deteriorado e ficou sacudindo para a frente e para trás. A respiração de mais alguém estava no aposento. O familiar cambalear de pôr-do-sol do Capitão deslizou pela beira da pista de dança. Ele começou a avançar lentamente pela esquerda e depois pela direita. Percebi, pelo modo como esticava os braços, que imaginava um corpo a seu lado. Deu dois passos para a frente e dois para trás, acrescentando um pequeno rodopio sobre os calcanhares direito e esquerdo. Começou a cantar, nada que eu soubesse ou reconhecesse, mas era uma canção que falava de ruínas.

O Capitão chocava-se com cadeiras e mesas cobertas por panos empoeirados, mas não seguia em direção ao centro da pista. Circundava as margens, como um tubarão. Parte de mim imaginava se ele sabia que eu estava ali e tinha optado por me ignorar, ou se estava bêbado demais para notar. Suas passadas ficaram mais lentas, e ele acendeu uma cigarrilha.

— Vocês, os malucos do município, não podiam ter esperado?

Eu me sentei.

Ele levantou uma cadeira de carvalho caída e voltou a acender a cigarrilha. Fumava longos e finos charutos Sherman, e suas mãos tremiam se não bebesse o suficiente. Fumei ali os meus primeiros cigarros com um marinheiro de partida para Cingapura, e faturei dez pratas de um dos vigias do barco ao rasgar um caranguejo ao meio diante de alguns turistas crédulos. Se eu tinha uma centena de lembranças do navio, o Capitão devia ter mais de mil.

— Vocês não podiam ter esperado para rebocar esta porra daqui?

— É Catherine.

— Amendoim? — exclamou ele na escuridão.

— Eu adormeci.

— O que diabos está fazendo aqui?

— Às vezes eu gosto de deitar no chão do salão, depois de um dia quente de trabalho nas docas — expliquei.

— Como diabos você entrou aqui?

Durante todo o ano anterior eu havia vasculhado todas as gavetas da casa do leme e providenciado o meu próprio molho de chaves.

— A janela perto da porta da cozinha tem um vidro quebrado, que posso tirar do lugar. Aí enfio a mão para dentro e abro a porta. Antes de ir embora, coloco o vidro volta.

— Catherine, você é capaz de estripar um peixe mais depressa do que qualquer mulher que eu conheço, mas é uma péssima mentirosa. — Ele reclinou-se na cadeira e retirou um pequeno frasco do bolso.

— Eu roubei um molho de chaves da casa do leme.

— Quer um trago? — perguntou.

— Ainda não comi — falei.

— O que diabos isso tem a ver? — Ele gargalhou até se engasgar com a fumaça da própria cigarrilha. O Capitão tossiu violentamente na palma da mão e se curvou entre os joelhos.

Eu me levantei, sem saber se devia ajudar ou fugir. Homens como ele são treinados para sentir o medo da gente. Aquietou-se imediatamente e bebeu lentamente do frasco antes de passá-lo para mim.

— Você viu o meu pai? — indaguei.

Ele sacudiu ligeiramente o frasco na minha direção e sorriu.

— Drambuie. É doce. Você vai gostar.

O frasco mantinha o calor do bolso de seu peito, e cheirei o álcool espesso e forte. Aos treze anos, eu não era muito de beber, mas gostava de coisas doces. O pequeno gole que dei não foi o suficiente para me deixar bêbada, mas satisfez minha curiosidade. Concluí que meu único meio de escapar de uma conversa sem sentido seria cuidar para que o Capitão ingerisse até a última gota daquela bebida.

Ele me olhou atentamente, examinando as tripas de peixe no meu pulôver e o piche nos meus tênis.

— Como mulher, você não tem nada de uma dama — observou.

— Como capitão, você não tem nada de marinheiro.

— Seu pai está no bar da esquina. A gente tomou umas e outras.

Meu pai bebia quando os negócios iam mal ou alguém tinha morrido.

— Quem morreu? — quis saber.

O Capitão ficou calado durante algum tempo e depois passou a cantar.

— "Você é a minha dama, eu sempre vou te amar. Você é a minha dama". — Ele se levantou, cambaleou por um momento e estendeu as mãos. — Vamos, *garotinho*, vamos dançar.

Recuei diante de seu bafo forte. Ele avançou, imaginando que eu o conduzia para a pista de dança. Esperei no meio do salão debaixo do imundo candelabro. O Capitão vestia calça de flanela escura e blusa azul-claro. Eu nunca o tinha visto antes com outra roupa que não fosse um macacão para estripar peixe.

— Seu pai está criando você como um homem. Vou ter que falar com ele a respeito disso. — Gargalhou e tossiu, mas manteve constante o mesmo padrão de passos com os quais estivera dançando antes. Nós demos dois passos para a esquerda e depois mais dois de volta para a direita. Ele me conduziu pela pista até uma caixa com uma forma estranha. Surgiu uma batida no casco do navio.

— O que foi isso? — assustei-me.

— Provavelmente um desses ratos filhos da puta. Bessie está sendo rebocada para Nova Jersey — suspirou e continuou dançando.

Recuei violentamente.

— O quê?

— Vamos lá, Amendoim, não pare. Eu quase tinha esquecido.

— Esquecido o quê? — perguntei, empurrando a mão dele para o lado.

O Capitão seguiu de volta para a mesa onde estavam apoiados seu paletó, o frasco e as cigarrilhas. Corri para fora e olhei por cima da amurada. Não havia ninguém. Quando voltei para o interior, o Capitão tinha sumido. Apanhei meu pulôver e percebi que as chaves sobressalentes não estavam mais no meu bolso.

Seguiu-se uma forte batida no casco. Ela soou como uma chave de boca se chocando contra o metal oco. Ouvi-a mais três vezes antes de me retirar pela cozinha.

Ao começar a descer pela pequena escada de corda a bombordo do navio, repeti para mim mesma as palavras do Capitão, e em seguida as forcei para fora de meus pensamentos. Voltei a ouvir a batida. A tripulação de um rebocador havia começado a prender uma teia de correntes na proa do navio. Precipitei-me pela escada de corda. Havia muito poucas coisas sem estarem aparafusadas ao navio que eu podia carregar. Lembrei de uma pilha de vigias sobressalentes soltas, escondidas sob um encerado perto da casa de máquinas, mas sabia que mesmo isso era pesado demais para levar comigo. Eu mal conseguia enxergar. A minha habitual habilidade de me movimentar pelo navio foi abalada pelo pânico, e não conseguia encontrar portas que normalmente ficavam destrancadas.

Tentei achar o Capitão. Apenas sombras e estranhos que haviam jogado as correntes para a pesada proa me olhavam. Cordas e correntes foram colocadas sobre o navio como se um criminoso perigoso estivesse sendo levado de um lugar para outro. O pequeno rebocador Moran flutuava preguiçosamente, esperando para começar a arrastar o velho navio para longe do cais. Outros navios que estavam no porto desligaram seus motores por um momento, e os tripulantes foram para os conveses de suas embarcações. Após algumas pequenas discussões e encolhimentos de ombros, o navio movimentou-se tristemente para o meio da correnteza do Hudson.

Quando entrei no bar próximo para procurar meu pai, eram nove horas. Ele estava sozinho e um grupo de amigos dele estava sentado em uma enorme mesa redonda. Ninguém se olhava, contava piadas, ou sorria. Pedi uma Coca no balcão e comi amendoins salgados até meu pai se dar conta de que eu estava ali.

— Você viu o Capitão? — perguntou.

Fiz que sim com a cabeça enquanto ele fechava o zíper do meu pulôver. Meu pai falava um pouquinho arrastado.

— As coisas estão mudando. — Ele olhou à distância acima das nuvens de fumaça do charuto e inspirou fundo.

Meu pai, William Lacey, estava certo, mas na época eu tinha apenas treze anos, e não quis escutar. O *Fulton* estava sendo rebocado para longe e, ironicamente, eu estava perdendo o único lugar onde podia me imaginar como mulher.

Ao caminhar de volta para o meu apartamento, tudo o que queria era um banho quente, um pouco de Drambuie morno e um filme sobre homens que partem para a guerra e não voltam mais.

3

Nau dos Insensatos

Toquei três vezes a minha campainha e procurei em volta por uma pedrinha para jogar na janela. Talvez Steve estivesse pensando que era uma das minhas amigas saindo da FDR Drive, após passar um fim de semana com as outras nos Hamptons, e não ia atender. Às vezes, os velhos tijolos descamavam, e eu podia encontrar pedaços na rua defronte à loja. Naquela noite, tudo, desde pauzinhos de picolés a tampinhas de garrafas, havia se fundido com as úmidas poças de piche.

Uma sombra se movia de um lado para o outro no teto do nosso apartamento. Fui até o telefone público da esquina e liguei para lá. Uma gravação atendeu à chamada e cortou a ligação antes que eu pudesse gritar para Steve abrir a porta. Caminhei de volta para o vão da porta e coloquei a extremidade da planta do pé na campainha. Eu a mantive pressionada com o dedão enquanto esticava a perna e contava até trinta.

Uma reluzente caminhonete vermelho-cereja encostou no quarteirão. A música em seu interior tinha um leve sotaque que era certamente de música *country*. Eram Zoe e seu noivo. Zoe tinha a inteligência de um promissor ganhador do Prêmio Nobel, mas resolveu que servir cerveja e cuidar dos negócios do noivo a deixavam mais feliz. Todas nós ficávamos nervosas ao vê-la subir no balcão do bar e girar o sutiã acima da cabeça como um laço. Contudo, eu não estava em condições de zombar de suas opções. Em várias ocasiões, me fora dolorosamente lembrado que meus relacionamentos costumavam ser objeto de conjecturas entre as minhas amigas.

Zoe e eu tínhamos crescido juntas na cidade. Ela trabalhava para a mãe em restaurantes, enquanto eu trabalhava para o meu pai no cais. Partilhávamos os mesmos círculos de amizades; ambas conhecíamos a maior parte das crianças que havia trabalhado nos restaurantes de seus pais ou ficado com as rotas de entregas deles. A mãe de Zoe tinha sido uma proprietária de restaurante bem-sucedida. Como sempre acontece em Nova York, ela também se tornou uma proprietária de restaurante fracassada. Tentar incluir no processo alguns casamentos e filhos não ajudou em nada. Zoe achava que sua mãe a tratava com a mesma volubilidade de sua exigente turma de Manhattan; às vezes, ela era *in*, e às vezes, era *out*. Tentando não ser como nossos pais, nós nos empenhávamos duramente para dar nossos próprios passos e construir nossas próprias carreiras. Infelizmente, mal percebemos que seguíamos exatamente as deles.

Enquanto as palavras de meu pai ecoavam em mim, e sua necessidade de bradar ordens ou vociferar contra os preços de cargas se tornaram os meus próprios mantras, Zoe fez a única coisa que as mães berram para as suas filhas não fazerem: ela cuidava de um homem. Dirigia os negócios dele com tal vigor que nada restava para ela mesma ao término de uma semana de oito dias. Zoe e Aaron eram o único casal que eu conhecia que discutia mais sobre os planos de casamento do que eu e Steve.

— Ei, garota! O que está fazendo aqui fora na rua vestida desse jeito? — gritou Zoe da janela da caminhonete.

— Hamptons? — perguntei.

— Aaron pescou um atum! Está na traseira.

— Oi, Aaron. Quando vai desistir desse negócio maluco de bar e começar a pegar alguns peixes para mim? — Fiz o melhor que pude para ser amigável e cortês, pois gostava de Aaron cada vez menos e menos ainda quando passava algum tempo com ele.

— Quando as mulheres pararem de dançar em bares e deixarem de tirar as blusas. — Ele sorriu como um rei.

Eu ainda estava furiosa com Steve, e sabia que estava prestes a descontar em Aaron, fosse isso justo ou não. Ele era um rebelde de colégio interno de ricos que fingia ser um trabalhador rural, um tipo de sujeito sem grana que dera um golpe de sorte ao construir um sólido negócio com um bar. Para mim, isso era pior do que Steve; pelo menos Steve não fingia ser outra pessoa. Estava satisfeito com seu pedigree e gostava de ser elitista. O único motivo pelo qual Aaron se dera bem com seu bar era devido a Zoe. Sem ela, ele teria bebido os lucros das suas Pabst Blue Ribbon e assediado tantas mulheres que seu estabelecimento teria sido incendiado, bombardeado ou ido à falência. Atualmente, era o bar mais popular de Manhattan, e uma pessoa precisava esperar na fila durante uma hora para ser maltratada pelos garçons.

Quando o bar foi inaugurado, passei bons momentos por lá, geralmente beijando estranhos depois de uma dança exaustiva. Se fossem retirar todos os sutiãs dos chifres de alce, encontrariam alguns meus. Entretanto, no meu entender, era um pouco preconceituoso demais para Nova York. Certa noite, um grupo de homens do Harlem se cansou da atmosfera racista predominante e investiu contra o leão-de-chácara e as portas duplas. Vários policiais de folga sacaram os seus revólveres. Seguiu-se um momento tenso antes que o leão-de-chácara se levantasse rapidamente do chão e um tiro de alerta fosse disparado. Ninguém se feriu, e os negros foram embora calmamente, mas o buraco na parede tornou-se uma evidente recordação daquela noite. Mesmo em um local com bastante mistura étnica, os racistas de Nova York costumam empinar mais vezes a cabeça do que se supõe. Era difícil ser liberal quando se trabalhava no mercado de peixe; cada tom de pele tinha uma denominação étnica e um conjunto de generalizações grosseiras que a acompanhava. Depois do incidente no bar, nunca mais voltei a encarar Zoe do mesmo modo, e Aaron continuou a demonstrar sua ignorância, fazendo-se passar por um nacionalista exacerbado. Aaron deixava as suas bandeiras confederadas nas paredes, mas sempre me perguntei o que os seus clientes achariam se soubessem que ele era judeu.

Eu sentia saudades de Zoe. Ela era uma garota durona com uma língua afiada e um cérebro ainda mais afiado para reforçá-la. Queria continuar a gostar dela, a despeito de Aaron, mas isso era impossível. O seu parceiro é aquele a quem você conta as coisas, coisas que nunca diria a seus amigos. Continuava a me chocar e me surpreender o fato de ela ter escolhido partilhar os seus segredos com Aaron. Os ciúmes, o temperamento cruel e o repulsivo comportamento social dele eram difíceis de se aceitar, e embora eu pudesse ter a língua solta e acessos de mau humor, pelo menos não era um criança mimada cheia da grana.

Quando brigavam, Aaron chegava a milímetros de agredir Zoe. Na última discussão que tiveram, Zoe terminou com ele e trocou as fechaduras do apartamento. Depois de passar uma semana na casa da mãe, Aaron prometeu procurar ajuda para seu problema com bebida e temperamento. O anel de noivado se seguiu aos seus humildes apelos; ele parecia estar empenhado em mudar. Na verdade, não era capaz de cuidar do bar sem ela; ele não sabia onde encontrar as garrafas de bourbon para reposição, nem o número do telefone do seu próprio distribuidor de cerveja. Zoe era o seu bilhete para o sucesso. Ele tinha o dinheiro e ela tinha o cérebro.

Em uma ocasião, tentei entender o que Zoe lucrava com esse relacionamento. Ela me levou para um passeio no interior do seu enorme armário de roupas. Tinha uma coleção de calças de camurça e couro feitas sob medida, botas de caubói de couro de crocodilo e jóias ganhas após cada briga em que ela ameaçava deixá-lo. Entendi esse lado dela, e vi um pouco dele em mim mesma; mas as coisas que a gente supera a gente também deseja que nossas amigas superem.

Durante os primeiros anos depois que voltei a Manhattan, após a faculdade, meu pai foi muito severo com meu salário. Encontrei o meu próprio meio de sobrevivência e jantava com cada homem de negócios tesudo que conseguia tolerar. Eles achavam "encantador" o meu conhecimento a respeito de peixes e, exceto por um beijo ocasional obscuro e desprovido de saliva, fui salva da maioria das indignidades comprometedoras em troca de uma boa refeição. Aprendi rapidamente que homens sem atrativos precisam do seu dinheiro para torná-los palatáveis, e me cansava deles com a mesma rapidez. No caso de Zoe, eu sabia que se tratava de segurança financeira. Aaron não era um fenômeno de intelecto, mas provia a sua subsistência, e Zoe passou a ter dinheiro no bolso assim que ele entrou na vida dela. Após crescer com uma mãe no vaivém do interminável ciclo de falência do restaurante, ninguém podia censurá-la por desfrutar do sucesso e da segurança.

— Esta noite, vamos colocar o atum em grandes filés na churrasqueira do restaurante, e pensamos em convidar você e Steve — ela sorriu.

— Não tenho certeza de que estamos nos falando. Você podia ligar e convidá-lo? — Era uma manobra perigosa. As mulheres raramente têm problemas de divulgar que estão em meio a uma batalha doméstica, mas os homens gostam de mantê-la em segredo; imaginam que ninguém é capaz de perceber o silêncio carrancudo deles.

Steve tinha complexo de superioridade e desgostava incondicionalmente de Aaron. Era rigorosamente um caso de rico antigo *versus* novo-rico. Aaron levantou o celular e o sacudiu no ar. Eu o apreciei pelo seu interesse em ver uma boa luta e pela sua falta de intuição social. Zoe teclou o telefone e o passou para mim.

— Alô, você ligou para Catherine. No momento, não posso atender. Por favor, deixe o seu recado. Espere o sinal...

— Steve? Steve querido. Steve, estou aqui fora com Zoe e Aaron, e temos planos para o jantar. Atenda o telefone... Você não pode me deixar trancada do lado de fora do meu apartamento para sempre. Atenda...

— Eu estava no chuveiro — ele mentiu.

— Já se acalmou?

— Duvido — ele disse.

— Aaron pegou um atum enorme. Você gostaria de ir ao bar e se juntar a eles na churrasqueira?

— Já fiz outros planos para nós — disse ele.

— Que surpresa.

— Nós *ainda* não somos um casal de velhos.

Olhei para eles e dei de ombros.

— Steve já fez outros planos. Tenho certeza de que eles incluem rasgar ao meio a minha lista de convidados e usar palavrões no ensaio de nossos juramentos de casamento.

Zoe sorriu.

— Não é uma noite boa para um churrasco?

— Creio que não, mas, puxa vida, estou muito contente, *muito mesmo*, por vocês terem aparecido. — Peguei a mão de Zoe e a segurei por um momento. Não pude resistir a examinar a traseira da caminhonete, com uma rápida olhadela, para ver o que Aaron tinha pescado.

— Ei! Quem estripou ele para você? Eu não sabia que tinha tanta gente habilidosa assim deste lado da ilha — observei, ao notar o modo como os filés estavam limpos. Uma mão mais delicada que a de Aaron havia fatiado o peixe.

— Não estivemos exatamente na praia — confessou Zoe.

— Foi comprado? Logo vi que está bem cortado demais para ter sido Aaron!

— Estivemos em Nevada.

— Nevada?

Zoe levantou a mão esquerda para me mostrar uma enorme aliança de casamento de ouro. Ela estava um pouco larga, mas Zoe estendia a mão para que o anel se apoiasse entre as membranas.

— Mas a festa de noivado de vocês é no mês que vem! — lembrei, forçando um sorriso.

— Nós mal conseguimos concordar sobre *onde* fazer essa festa. Imagine só a gente tentar planejar um casamento que agradasse a minha mãe e aos pais dele! — Todos nós sorrimos, balançando afirmativamente as cabeças por um momento, em silêncio. — Decidimos que era mais fácil fugir para casar.

— Um ato corajoso de uma garota corajosa — comentei.

Aproximei-me da cabine da caminhonete, dei um forte e demorado abraço nela e consegui apertar a mão de Aaron com sincera firmeza. O abraço foi para dar uma força, pois eu sabia que ela ia precisar. O aperto de mão foi sincero, pois obviamente ele tinha feito o melhor negócio de sua vida.

— Contaram para Emily? — indaguei.

— Contamos. Ela também não poderá vir esta noite.

— Não foram casados por aquele sujeito repulsivo que teve o pênis cortado fora, não é? — perguntei, sem saber mais o que dizer.

— Quem nos casou foi um coroa legal que parecia o protagonista de *Os gatões* — informou Aaron.

— Respeitável — reconheci, ainda arrasada. — Aaron, ela é uma mulher espetacular.

— Eu sei. — Ele deu um sorriso, aquele enorme sorriso satisfeito que sempre me fazia querer arrancar a satisfação do seu rosto com um tapa.

Quis dizer algo ameaçador para ele, mas não achei que seria apropriado.

Outrora, todas nós éramos especialistas em relacionamentos. Era mais fácil falar, mais fácil entender umas às outras e mais fácil dar conselhos sem ler prateleiras de livros de auto-ajuda quando saíamos com homens que não esperávamos ver novamente. Eu sentia saudades de ser jovem e burra e achar que os namorados e a tequila durariam para sempre. Agora, aprendíamos as coisas de um modo diferente, num ritmo diferente, e quase sempre da maneira mais difícil possível. Quanto mais relacionamentos eu tinha, mais complicadas eram as questões que enfrentava. Queria que meus relacionamentos fossem como o treino para uma maratona. Primeiro, a emoção; em seguida, a luta; depois, o esforço; a seguir, o compromisso; e então, a paz. O corpo e a mente devem confiar um no outro e desistir do controle. Eu sempre corria mais do que era capaz, mas, se pensasse no quanto estava correndo rápido, isso me fazia ir mais devagar. Queria um parceiro capaz de correr comigo sem temer quando eu liderasse.

A caminhonete partiu, e ouvi o estribilho de uma música que tocava no rádio quando Aaron o ligou: "*I like my women on the trashy side...*" (Gosto do lado ordinário das minhas mulheres).

Galopando escada acima, dois degraus de cada vez, correndo através de cada pensamento, irrompi pela porta e, agitada, tirei os tênis com dois pontapés. Foi o modo perfeito de desarmar Steve. Ele estava à espera de um violento e total confronto. Antes mesmo de vê-lo, eu estava ao telefone.

— Emily?

Ficamos em silêncio por alguns segundos para tomar fôlego.

Emily falou finalmente:

— O que vamos fazer?

— Não pensei que ela fosse fazer uma coisa dessas — eu disse. — Vi a aliança.

— Você *falou* com ela? — perguntou Emily.

— Ela passou por aqui com Aaron. Acho que estavam voltando do aeroporto.

— Quando você acha que ela vai contar para a mãe?

— Só espero que seja *antes* da festa de noivado — falei.

— Minha festa de noivado foi um fracasso.

— Emily, você não deu festa de noivado.

— Dei uma pequena. Ninguém pôde ir.

— Ah, sim, porque você colocou as suas irmãs como encarregadas e elas convidaram todo mundo na última hora.

— Eu devia ter aprendido a lição e deixado as duas de fora da minha festa de casamento.

— Não me diga! — exclamei, sem notar que aquilo simplesmente tinha escapado da minha boca. — Emily! Desculpe.

— Você não tem irmãs. Isso é muito complicado.

— Podemos conversar sobre isso num almoço durante esta semana?

— Sim, um almoço. Tente dar todo apoio a Zoe imediatamente. Faça o melhor que puder.

— Vou tentar. — Fiz uma pausa. — Emily?

— Sim?

— Ninguém me disse que seria tão difícil — afirmei.

— Parece que leva mais tempo do que costumava levar antigamente.

— Você quer dizer muito mais terapia. — Nós duas rimos durante um minuto.

— Estou um pouco confusa — confessei, fazendo contato visual com Steve quando ele se sentou diante de mim no quarto.

— Telefone amanhã à tarde, e escolheremos uma boa ocasião para nos encontrarmos esta semana.

— Tudo bem. Eu te amo, Em. Tchau.

— Gostei de você ter ligado.

— Eu também — falei. — Eu também.

Steve me olhou fixamente.

— Parece que anda acontecendo uma porção de coisas.

— Zoe fugiu para se casar neste fim de semana.

— A escolha inteligente para o que quer que o resto de nós esteja tentando. Pela primeira vez, vou ligar para Aaron e dizer a ele que respeito muitíssimo sua decisão.

— Gostaria de gravar isso numa fita — eu me levantei.

Steve pegou meu braço.

— Sai fora — reagi e fui direto para o interior do banheiro.

Steve veio atrás de mim.

— Será que você não consegue se abrir? Estou percebendo que você deve estar perturbada com o que aconteceu com Zoe e seja lá o que está havendo entre nós dois. Você não disse mais do que duas palavras sobre o que aconteceu semana passada no casamento de Emily, e sei que está se remoendo por dentro tentando imaginar o que vai acontecer no nosso casamento — Steve colocou as mãos nas minhas costas e me ajudou a tirar o sutiã de corrida.

— Você não sabe tudo o que passa pela minha cabeça — declarei.

— Talvez então eu não devesse fazer força para mudar você. A gente não devia correr juntos. Quando eu tiver cinqüenta anos e precisar de uma cirurgia no joelho, você poderá dizer as três palavras que todo homem detesta ouvir.

— Que palavras?

Ele sorriu para o espelho.

— "Eu não falei?".

Coloquei o roupão sobre os ombros e tirei os shorts de corrida. Em seguida, me sentei no vaso enquanto Steve permanecia de pé perto da pia esperando que eu me descontrolasse. A notícia de Zoe foi tão desconcertante que minha briga com Steve parecia ridícula, e agora eu não conseguia tirar O Capitão da cabeça.

— Você acha que os seus pais foram fiéis? — perguntei.

— Que tal um banho?

Concordei com a cabeça.

— Você acha que os seus pais foram fiéis durante todo o casamento deles?

— Não tenho nenhuma dúvida de que os meus pais foram fiéis um ao outro.

Steve curvou-se por cima de mim sobre o vaso e começou a encher a banheira. Fiquei surpresa com o pneu que se avolumava na sua cintura. Belisquei-o com força acima dos quadris.

— Ai!

— Amor selvagem— sorri.

— Por que, de repente, você está preocupada com fidelidade? — ele perguntou.

— Só queria saber se você acredita que é possível ser fiel para sempre.

— Você acha que seus pais foram fiéis um com o outro? — ele perguntou.

Quando sacudi a cabeça, notei uma pequena lasca no revestimento de latão do suporte de papel higiênico, por entre as pernas de Steve, à minha frente. Sempre adorei o meu banheiro porque o vaso ficava ao lado do chuveiro e da banheira. Eu mantinha sempre um tampo de mesa sobre o assento do vaso e podia acender uma vela, ler um livro, tomar uma taça de vinho, tudo sem precisar sair da banheira quente. Subitamente, a idéia de partilhar isso para sempre me fez sentir limitada.

— Quem você acha que foi infiel, seu pai ou sua mãe?

Eu me levantei e o encarei.

— Acho que ambos tiveram casos. Eles tinham o tipo de parceria que admiro, mas não tenho certeza se isso tinha a ver com amor.

— Bem, isso explica por que Chelsea tem estado por perto todos esses anos.

— Chelsea é a nossa referência pessoal. Sem ela, não se faria nada.

— Sem ela, você não teria ninguém com quem almoçar.

— Eu amo Chelsea — defendi. — Ela não é apenas uma comodidade.

Ele revirou os olhos.

— Olhe, não tenho certeza se o casamento sempre tem a ver com o amor — ele disse, me fez voltar a sentar no vaso e depois verificou a temperatura do meu banho quente.

— Você está verificando a temperatura do banho para mim porque me ama?

— Estou, mas nem tudo o que fazemos é por amor. Às vezes fazemos uma coisa porque parece legal, ou achamos que deve ser, mesmo não gostando dela. — Ele enfiou a mão na água e retirou-a rapidamente.

— Quente demais? — indaguei.

Ele confirmou. O ar estava denso, e eu sentia o cheiro do suor seco entre os meus seios. Queria amá-lo de todo o coração. Queria enterrar o rosto no colo dele e desfrutar o cheiro de sua carne. Parecia tão simples tentar, mas meu corpo estava pesado e sem vontade. Em vez disso, eu só conseguia ver o crescente volume em volta de sua cintura.

— Um monte de almoços demorados? — perguntei.

— Mais do que você imagina.

— O que você quer dizer com isso?

— Não temos tido muito tempo para conversar. Nossos papos, em que colocamos os assuntos em dia, giram em torno de planos de casamento, presentes que precisamos comprar ou presentes que não compramos.

— A única coisa que sobrou na lista de Emily é o que eu *não* quero dar para ela.

Steve inclinou-se sobre a banheira, apanhou um bocado de água com a mão em concha e deixou que escorresse de volta.

— Estou tentando lhe falar algo sobre a *minha* vida.

Deixei cair o roupão e entrei na água. Estava tão quente que quase empolou minhas panturrilhas. Steve me segurou pela cintura enquanto eu pulava num pé e noutro para evitar que a pele queimasse.

— Serei sócio da firma em breve.

A falta de entusiasmo foi dolorosa. Passei os braços em torno de sua cintura e abracei-o com força. Catalogando seu corpo na minha memória, me dei conta de que ele estava começando a trilhar o caminho de ser outro homem a passar pela minha vida.

— Só saberei ao certo daqui a um mês. Todos os outros sócios me convidaram para almoços, festas ou jantares. Creio que deveremos acrescentar mais alguns lugares na recepção.

Steve ficou agarrado a mim adorando minhas lágrimas, acreditando que elas estavam repletas de orgulho pelas suas conquistas.

Certa vez, em uma festa, ouvi uma mulher comentar seus inúmeros casamentos. Ela dava risadas e jogava os cabelos sobre cada ombro para causar efeito. "Ah, ele? Eu me casei com ele só para me livrar dele." Eu nunca havia entendido direito como isso era possível, até agora. Parecia mais fácil me casar com Steve e continuar a emaranhar as nossas vidas do que tentar desembaraçar o intricado nó que havíamos criado como casal.

4

Recolhendo os Cacos

Steve estava amável pela manhã e quase sobrevivemos sem nenhum incidente, mas, assim que acabei de lavar a louça do nosso café, ele aconchegou-se por trás de mim. Já comentei com uma centena de mulheres, e todas elas afirmam que o pior momento possível para se receber afeto é quando você está lavando louça. O segundo pior momento é tentar intimidade quando estou usando o aspirador, e o terceiro é quando estou dobrando a roupa lavada.

— Sai fora — reagi.

— O que deu em você?

— Steve, eu detesto isso. Minhas mãos não estão livres; não estou a fim de carinho. É segunda-feira de manhã, estou com o pensamento no meu trabalho e é lá que quero estar. — Arremessei as luvas de borracha para longe e enfiei a blusa para dentro da calça.

Durante a maior parte de minha vida enfiei destemidamente a mão na ova quente de um sável moribundo e adorava isso. Colocar luvas de borracha para lidar com afazeres domésticos, a fim de proteger as unhas para o casamento, era um comportamento que pertencia a outra mulher.

— Se não fizesse carinho em você, eu seria um imbecil frio e insensível às suas necessidades. Isso é clássico!

— Pare de reagir com exagero a qualquer coisa! — exclamei, numa malograda tentativa de me manter calma.

— Você está gritando. Tudo o que eu fiz foi lhe dar um beijo enquanto você lavava a louça.

— É aviltante alguém assediar você enquanto banca a doméstica!

Ele me deu as costas e se afastou.

— Obviamente, isso é coisa de feminista.

Minha mão alcançou no balcão algo que joguei em Steve no momento em que ele dobrava o vão da porta para entrar no quarto. A coisa bateu no ombro esquerdo dele, quicou na direção da vidraça da janela e despedaçou-a.

Steve não reagiu ao ruído surdo que o objeto fez ao tocar em seu ombro, nem ao som do vidro se estilhaçando; simplesmente parou, respirou fundo e apanhou sua pasta. Ficou parado entre mim e a vista para o rio através da janela quebrada.

— Até hoje à noite, ou você volta a ser a mulher que queria se casar, ou eu vou embora.

Ouvi o berro de meu pai, vindo do escritório no térreo. Chelsea, nossa secretária e mais antiga amiga da família, estava tentando apaziguá-lo.

Na base da escada que levava ao meu apartamento no segundo andar, ele gritou:

— O que diabos está acontecendo aí em cima? Catherine, você está vinte minutos atrasada para o trabalho, e tenho certeza de que Steve precisa ir a algum lugar. Não me venha hoje com as suas besteiras. Preciso que o trabalho seja feito. — Seus pés subiam pesadamente a escada.

Steve olhou para mim, depois para a escada, e em seguida de volta para mim.

— Quem é que vai estar aqui, quando eu voltar para casa esta noite? — perguntou.

Olhei para a escada e depois de novo para Steve. Eu não tinha medo de meu pai. Eu adorava o velho ranzinza que ele era com os estranhos, e, depois, o modo como rapidamente se curvava diante de minha mãe. Meu pai era um catálogo de contradições, e raramente se sabia qual personalidade ele apresentaria. Aprendi que era mais fácil ignorá-lo, e, apesar de outros o virem brandindo os punhos no ar em acessos de raiva ou fúria ofensiva, para mim ele era apenas um pouco rabugento. Eu vivia com medo de que ele jamais se aposentasse, e que pelo resto de minha vida eu chegasse atrasada ao trabalho às sete e vinte. Os pés de meu pai se arrastaram para a frente e para trás sobre o capacho, diante da minha porta.

Steve voltou a cochichar sua pergunta:

— A quem devo esperar esta noite?

— Catherine? Catherine? Abra a porta. — Meu pai batia com força.

Olhando para trás, eu devia ter dito algo bastante simples, como "espere fazer as malas", e tudo teria acabado. Em vez disso, beijei-o levemente na face e coloquei os lábios perto de seu ouvido.

— Espere a mulher por quem você se apaixonou. — *Quem* era essa mulher?, eu havia começado a me perguntar.

Steve me beijou na testa e alcançou a porta. Eu desapareci no banheiro.

— Bom dia, Steve.

— Bom dia, Sr. Lacey.

— Onde está Catherine?

Steve bloqueava a entrada dele.

— Catherine não esperava que o senhor viesse trabalhar hoje.

Meu pai fazia o possível para vasculhar o interior do apartamento à procura de sinais de briga. Steve deu um passo para o lado, permitindo que ele olhasse. Fechei a porta do banheiro antes que ele pudesse ver onde eu estava escondida. Sentada, fiquei ouvindo a conversa fiada dos dois, enquanto imaginava o que tinha acontecido com a minha coragem.

Justiça seja feita, Steve era uma boa pessoa; ele criaria uma família, amaria a esposa, reprimiria pensamentos devassos em relação a outras mulheres e trabalharia para manter o sonho americano. Eu me apaixonei pela oportunidade de pertencer a um country club, permanecer perto de minhas amigas casadas, ficar em casa lendo, ter uma empregada, participar de associações de pais e pensar se eram válidas as doações dedutíveis do imposto de renda e em obras beneficentes. Eu tinha a fantasia de fugir de produtos populares e usar uma baixela de prata que não poderia ser aumentada com a compra de recipientes extras na Sears. Reconheço agora que minhas ilusões sobre me livrar do comércio de peixes e de tudo o que havia conhecido antes eram temporárias. Cada momento livre do meu tempo tinha sido passado no cais, em nosso caminhão de entregas ou enchendo engradados com gelo. Em meu casamento imaginário com Steve, eu tinha longas unhas vermelhas e assinaturas de revistas. Não foi culpa de Steve que nosso relacionamento chegasse ao fim. A culpa foi minha, por pensar que poderia ser outro alguém a não ser eu mesma.

— O senhor parece ansioso, Sr. Lacey. Estava de saída para o trabalho, mas posso lhe preparar um café.

— Chelsea tem uma cafeteira cheia lá embaixo.

— Ótimo, então vamos descer juntos.

Steve saiu para o corredor e fechou a porta atrás de si.

As sombras dos pés deles não se mexeram. Fui na ponta dos pés até a porta da frente, onde Steve falava baixinho.

— Nós tivemos uma pequena briga, nada demais, mas a tensão está alta. Uma amiga dela da faculdade fugiu ontem à noite para se casar, e creio que ela está aborrecida.

— Qual delas?

— Zoe.

— A dona do bar?

— Sim.

Meu pai gostava de Zoe porque ela era capaz de beber como o comandante de um rebocador.

Steve voltou a falar:

— O senhor conhece Cece... ela não quer que ninguém saiba quando está afundando.

Meu pai pigarreou e perguntou:

— Steve, você acha que a pressão do trabalho é muita enquanto ela tenta planejar o casamento?

— Eu tenho minha opinião formada, mas ela está resolvida a cuidar de ambas as coisas. — Steve suspirou profundamente.

Sem as pressões do meu trabalho, naquela parte da temporada, eu poderia estar ao lado de Steve quando ele fosse aclamado como sócio do escritório. Estaria livre para os jantares. Poderia ficar acordada até tarde, papear com as outras esposas, tomar um xerez antes de dormir e admirar outra vista do Central Park, de mais outro endereço da Quinta Avenida.

Apenas alguns dias distante do telefone do escritório e eu perderia minha fortaleza, bem como o contato com o nosso negócio familiar. Havia levado uns bons três anos para as pessoas perguntarem por mim em vez de pelo meu pai. Durante esses anos, o atum e o salmão substituíram o filé. O sushi evoluiu para um tipo de refeição caríssima com pouca gordura, pela qual as pessoas chiques pagavam sem questionar a respeito do que estavam lhes servindo. Eu fazia fortuna suprindo a demanda da cozinha de baixas calorias da Califórnia. Peixe fazia parte da minha vida tanto quanto amarrar os sapatos. As pessoas ficavam desarmadas, principalmente ao realizarem negócios, com o fato de uma mulher — uma mulher jovem e moderadamente atraente — saber onde um peixe foi pescado simplesmente pelo cheiro e pelo tatear de suas escamas. As várias marés e águas dos oceanos criavam nuanças tão complicadas entre as espécies, que eu desenvolvi a capacidade de notar as diferenças. É como cheirar flores que crescem em uma estufa da Califórnia ou naturalmente em um campo. Trata-se da diferença entre uma roupa secada numa máquina ou numa corda estendida ao vento. O Atlântico ou o Pacífico criam espécies tão opostas quanto os habitantes de São Francisco ou Nova York.

— O que você acha, Steve? É cedo demais para me aposentar? Talvez eu não deva me retirar dos negócios? Talvez eu não devesse ter dado tanta responsabilidade para ela durante este período.

— Os negócios são apenas mais uma tensão no casamento.

— Sério? Prossiga. — Meu pai parecia interessado demais, e isso me deixou preocupada.

— Essa discussão começou ontem — explicou Steve.

— A briga que levou à vidraça quebrada?

— Sim.

— O que aconteceu? — Um pescador gosta de uma boa história, e um irlandês adora uma boa briga; meu pai se deleitava com ambas.

Steve fez uma longa pausa, o tipo de pausa dramática que ele utiliza quando ensaia em casa as considerações finais que faz em um tribunal.

— Bem, Catherine estava começando a fazer a agenda para dezembro. Ela é tão histérica com o planejamento das coisas, que está preocupada em relação a quaisquer eventos sociais aos quais nós dois tenhamos que comparecer durante o Natal.

— O Natal é uma época de muito movimento, e normalmente precisamos de um tempo extra para importar qualquer pedido de produtos fora de época — meu pai alegou.

Eu sabia que Steve tinha sido apanhado desprevenido e que meu pai estava prestes a desfrutar sua fresca presa matinal.

— Claro, mas ela se sente acuada pelos preparativos do casamento, e cuidar dos negócios a deixa completamente inconstante e mal-humorada.

— A minha pequena Cece está tentando ajeitar a agenda com quatro meses de antecedência? — perguntou meu pai com uma risadinha.

— Exatamente... e está histérica.

— Ou está cuidadosamente planejando com antecedência. Se eu tinha quaisquer dúvidas sobre a habilidade de Cece em lidar com as coisas, fico contente em saber que ela não está deixando que os estragos de agosto afetem a sua disposição para o abastecimento da temporada das festas. — Ele deve ter dado um tapinha, bem forte, no ombro de Steve, e em seguida dançou uma jiga no capacho tilintando as chaves em seu cinturão. — Tenha um bom dia, Steve. Obrigado por esse papo animador. Eu me sinto muito melhor ao saber que ela pode agüentar a próxima coisa que tenho em mente.

Meu pai desceu a escada assobiando uma pequena canção irlandesa sobre bebida. Ao chegar embaixo, gritou uma última coisa para Steve.

— Ei, Steve, abri mão de algumas coisas durante a minha vida e tenho certeza de que, quanto mais tempo ficar com Catherine, você também fará o mesmo. Por enquanto, apenas fique contente por ela ter deixado de beber Drambuie.

Depois que ouvi Steve sair do prédio, fui checar a janela quebrada. Na rua, ele estava de pé no meio do vidro estilhaçado, segurando delicadamente vários pedaços grossos de cristal. Olhei pelo apartamento para ver o que estava faltando.

— O que era? — gritei para baixo.

Ele levantou a vista para mim, com os olhos apertados.

— Meu cinzeiro de cristal Waterford.

— Eu lhe disse que fumar charutos é um péssimo hábito. — Acenei alegremente.

O olhar em seu rosto me mostrou que ele não estava nada contente.

Estavam previstas muitas chegadas de além-mar e consegui marcar uma troca de vidraça às seis horas daquela noite. Meu pai jamais mencionou sua conversa com Steve, nem perguntou pela discussão. Tanto meu pai quanto eu tínhamos por hábito agarrar a jarra de café e jogá-la em direção às paredes da frente do nosso escritório. Nós éramos geniosos, e o ruído de vidro quebrado satisfazia nossa ira.

Chelsea ficou calada durante todo o dia. Ela me lançou um leve sinal de reconhecimento com a cabeça, quando cheguei para trabalhar; eu sabia que ela esperava ouvir a fofoca verdadeira depois que meu pai fosse para casa e ficássemos sozinhas no escritório. Chelsea era originária de Dallas, Texas. Havia sido uma rainha de baile de formatura vestida de tafetá, com cabelos enormes, unhas enormes e seios enormes. Embora tivesse se casado com o namorado do colegial, aquilo não havia durado muito. Sempre que lhe fazia perguntas sobre seu passado, ela dizia coisas do tipo: "Meu bem, algumas partes da vida valem a pena serem esquecidas, e sobre a maioria dos homens não vale a pena se falar a respeito." Sei que ela veio para Manhattan anos atrás e foi a melhor aluna da escola de secretariado que cursou. Contudo, abominava o círculo de homens que dirigiam as empresas para as quais trabalhara. Era uma datilógrafa meticulosa, mas com uma postura de insubordinação. Quando Chelsea candidatou-se para trabalhar com minha família, tinha sido demitida dezessete vezes. Meu pai contou que durante a curta entrevista dos dois sentiu como se estivesse sendo interrogado, e concluiu que ela era durona o suficiente para enfrentar o pessoal da área.

Chelsea começou a trabalhar poucos dias depois que nos mudamos para o prédio de tijolos que ficava do outro lado do Cais 17. O edifício que compramos era tosco e velho, mas meu pai se manteve ferozmente agarrado ao seu sonho. Havia uma pequena loja na parte da frente onde podíamos vender peixe ou montar um escritório, com alguns aposentos habitáveis no andar de cima. Em pouco tempo, o porão ficou entupido com *freezers* especiais, o térreo foi pintado de verde marinho e acessórios de latão brilhavam em cada canto. Tenho certeza de que meu pai há muito tempo vinha planejando deixar o Brooklyn para trás. O pai de minha mãe tinha acabado de morrer, e meu pai estava pronto para melhorar seu padrão de vida.

Nossa família era uma vizinhança excêntrica em um lugar como o Brooklyn. Quando meu pai e minha mãe se casaram, tenho certeza de que o resto da vizinhança achou que era uma união perfeita. Restava apenas um avô, meus pais não tinham parentes vivos, eu era a única criança e não havia planos para mais filhos. Éramos ruidosos e turbulentos, mas na igreja e nas festas do quarteirão nos mantínhamos calados e ficávamos na nossa. Na escola, eu era chamada de Catherine Calafrio pelas crianças e professores, pois preferia trabalhar nas docas a brincar de amarelinha. As outras crianças inventavam histórias de como fui possuída por um deus marinho e um dia me afogaria para ficar perto dos peixes.

Quando nos mudamos para a área do porto de South Street, não havia escola pública em nosso bairro industrial. Minha mãe sabia que eu não me adaptaria ao ambiente competitivo de *uptown* e numa tentativa de ampliar meu saber portuário, fui matriculada em salas de aula experimentais e escolas pequenas. Foi difícil me livrar do comportamento que eu havia adquirido no meu antigo colégio. Eu provocava brigas e era mandada tantas vezes de volta para casa que somente a ameaça de voltar para a escola católica me fez adotar aquele ambiente alternativo. Só depois que me dispus a assinar um compromisso prometendo fazer parte do "círculo dos necessitados", "partilhar" e "parar de dar socos" permitiram minha volta à escola.

Na minha cabeça, a escola era apenas uma interrupção do meu trabalho durante os verões. Minha única sensação de paz provinha de içar engradados e sentir o cheiro de impermeáveis de borracha suados. Barcaças e bóias históricas eram as coisas que me ancoravam.

Meus pais insistiam que eu seria quem quisesse ser, sem ter que me curvar ao meu sexo. Minha mãe, Jane, não era feminina, mas era atraente e forte. Meu pai podia ser duro e defensivo, mas também era terno e vaidoso, e detestava quando perdia um fio dos bem cuidados cabelos brancos e salgados de sua cabeça. Ele costumava ficar mais preocupado com a minha aparência musculosa e masculina do que minha mãe, que preferia odores almiscarados e fazia compras na seção masculina.

O guarda-roupa deles não era extenso, mas imutável, como uma velha ribanceira. Quando criança, Jane usava roupas usadas doadas pela igreja, e a maioria de seus trajes vinha dos meninos que moravam no quarteirão. Ela aprendeu a usar roupas de homem com autoconfiança. Em vez de jóias, gostava da flexibilidade de uma bela echarpe com o seu traje. O sucesso financeiro lhes abriu algum espaço para indulgências. Meu pai era obcecado por relógios e minha mãe comprava sapatos — mas ambos continuavam usando tradicionais ternos conservadores. Chelsea era a única pessoa em nosso escritório que usava saias.

Por ocasião de minha formatura, minha mãe era uma profissional em saber, dentre centenas de ternos azuis em uma arara, qual melhor se ajustaria ao corpo de uma mulher. Ela gostava de pequenas lojas para homens em *midtown*, onde faziam ternos sob medida, e comprava excelentes tecidos de tecelagens italianas. O Sr. Carlton atendia minha mãe e meu pai há mais de dez anos. Embora alguns novos vendedores torcessem o nariz para nós quando chegávamos, o Sr. Carlton estava pronto para ajudar uma segunda geração de mulheres Lacey.

— Catherine, experimente este e levaremos os três que ficarem melhor.

Olhei para meu pai, depois de volta para a minha mãe.

— Três é o bastante? — perguntei.

— Três está ótimo. Ternos são como sutiãs; você só precisa de poucos para começar. Além do mais, isso não inclui os sapatos. — Minha mãe sorriu.

Ela tinha comprado para mim um par de escarpins de salto médio, para eu usar enquanto experimentava os ternos. Era cedo quando chegamos, mas na hora em que segui para o provador, notei uma multidão de homens mais velhos acompanhados de seus filhos.

— Desculpe, mas posso perguntar o que você faz aqui? — quis saber um jovem sardento no apinhado provador.

— Estou seguindo os passos de minha mãe — respondi, incomodada.

— Não há lojas de roupas para meninas? — indagou outro.

— Mulheres — falei.

— Você não acha que pode ficar parecida com, sabe como é, um homem ou coisa assim vestida com um traje masculino? — comentou alguém no fundo da sala.

— Não se preocupe, eu trabalho no mercado de peixe; portanto, sempre vou cheirar como uma cadela! — Irrompi para fora da sala de provas sem camisa por baixo do paletó, expondo o centro do meu sutiã cor de alfazema. O Sr. Carlton revirou os olhos, e o alfaiate suspirou. Meu pai nos ignorou e continuou olhando as gravatas. Mamãe me abraçou, colocou um braço em volta da minha cintura e percorreu ligeiramente os dedos sobre a minha testa enrugada e os lábios apertados.

— Você é uma mulher muito bonita. A pessoa certa vai adorar você por isso.

Durante vinte e nove anos fui feliz vestindo ternos, trabalhando nas docas, fazendo sexo por diversão e desafiando as regras do que definia as mulheres, mas em algum momento do ano passado tinha começado a me convencer de que somente um vestido de noiva me tornaria feminina. Há uma ocasião em que ser machona é aceitável. Quando você é jovem, isso é gracioso, tolerável, engraçado, ou constrói a personalidade.

No momento em que Janice Maloney deixou de usar as camisetas de beisebol de seu irmão, eu me dei conta de que estava sozinha. Vi Janice do outro lado da rua, levando vários livros debaixo dos seios que explodiam de um suéter decotado cor de pêssego, que deixava à mostra a borda de babados do seu sutiã de ginástica de poliéster. Janice Maloney passou por mim, ao sairmos para o recreio, dando-me apenas um leve aceno, e seguiu para trocar batons com as outras meninas sentadas no banco. Eu era a única que restava no time de beisebol com cabos de vassouras em vez de tacos, que amarrava os cabelos para trás e enfiava debaixo do boné.

Steve me preencheu com a falsa expectativa de que se eu conseguisse ficar tempo suficiente com ele nós nos casaríamos. Mas me enfiar em um vestido de casamento era tão impensável quanto abrir mão de minha bem merecida posição de jogadora da segunda base e trocá-la pelo sutiã de ginástica de Janice Maloney. O confronto daquela manhã me fez perceber que se eu não aprendesse a me aceitar como era agora, quando isso mais importava para mim, se não definisse quem eu realmente era, certamente me casaria e passaria a vida tentando ser a pessoa errada.

5

Toda a Verdade

Chelsea me ligou pelo interfone.

— Você tem um minuto?

— Para você? Sempre.

— Não. Para o seu pai.

— Está me gozando — comentei.

— Ele quer falar com você, quando voltar do almoço.

— Ele não está?

— Só volta às três e meia.

— Você quer saber o que aconteceu? — perguntei.

— Já li na coluna de fofocas da página seis do *Daily*.

— É mesmo? Me sinto lisonjeada.

— Você não! Li sobre Zoe.

Se a fuga para casar já havia vazado para a seção de fofocas do jornal, imaginei que o tal pequeno churrasco devia ter se transformado em uma ruidosa farra regada a cerveja.

— Espero que a mãe de Zoe leia o *Times* — comentei.

— Você já falou com ela? — quis saber Chelsea.

— Ela passou por aqui ontem à noite, mas eu não estava a fim de ser solidária.

— Isso não parece ser a única coisa que está perturbando você — sugeriu ela, surgindo na minha porta.

Voltei a me reclinar atrás da escrivaninha.

— Por quê? Você viu algum objeto não identificado esta manhã? — sorri.

— Nada que eu não tenha visto antes neste escritório.

Olhei para o sol lançando luz através dos cabelos de Chelsea; eles tinham um halo dourado e púrpura. A olho nu não se conseguia notar, mas eu me acostumara a procurar pequenas mudanças na cor de seus cabelos.

— É barbeiro-imperial? Da família do esturjão? — perguntei.

— Boa tentativa. Seu pai passou longe. Ele sugeriu cangulo esmeralda de listras amarelas — sorriu.

— É roxo demais para um cangulo, se bem que você podia tomar isso como um elogio, pois esse peixe é conhecido pela sua audácia e natureza agressiva.

Ela se sentou na macia poltrona de camurça diante da minha escrivaninha.

— E aí? Me conte.

— Tudo o que Steve fala me deixa com raiva. Fico com vontade de brigar com ele mesmo quando não dou a mínima.

— Você nunca discutiu com aqueles namorados pirados. — Chelsea me lançou um olhar esquisito e depois começou a rir. Tenho certeza de que ela estava pensando nas três semanas em que usei camisas com gola rulê até sumir o suco de beterraba. — Talvez você ame Steve porque ele não deixa que você faça as coisas impunemente.

Peguei um dos cigarros de Chelsea.

— Quer um também?

Chelsea abriu os dedos para aceitar o que eu lhe oferecia.

— Você está fumando?

— Hoje parece um dia perfeito para começar.

Ficamos as duas observando a fumaça espiralar para o teto e depois deslizar para o interior do ar condicionado, como uma cobra encantada retornando para dentro do seu cesto.

— Cece, meu bem, pare de bancar a mártir do casamento. — Havia uma mancha de batom vermelho-brilhante na ponta do cigarro dela.

Ainda que as duas mulheres estivessem na casa dos sessenta anos, os ternos cinzentos e o cabelo tipo pajem da minha mãe pareciam insípidos diante dos saltos sensuais e dos reluzentes acessórios de Chelsea. Fiquei imaginando se Steve estava certo em relação a meu pai e Chelsea. Ela ainda era atraente e continuaria sendo até ser colocada em um caixão.

Chelsea terminou o cigarro.

— Você tem opções.

— Tenho? — Após um longo silêncio, perguntei: — A aposentadoria do meu pai nada tem a ver com isso, desde que eu consiga tocar o negócio, não é mesmo?

Ela confirmou.

— Quando você quiser realmente que o negócio seja seu, eu sei que o velho estará pronto para se afastar. A preocupação deles é que, assim que os dois se aposentarem, você me substitua por computadores maneiros ou por alguém mais jovem.

— Como se você não conseguisse datilografar seis vezes mais rápido do que eu. Além do mais, quem manteria os computadores funcionando? — Pensei no delicado equilíbrio da informação em um pequeno negócio, tão fortemente arraigado em sua pele que se torna difícil arrancá-lo ao final do dia.

— Você quer ficar? — perguntei de mansinho, como uma menina que levou uma bronca.

— Trabalhar só para você será muito mais divertido do que para o seu pai. Talvez sua mãe volte a trabalhar e seremos os três mosqueteiros de saia.

— Você é a única que usa saia.

Chelsea sorriu com metade da boca e empinou a cabeça de lado. Ela parecia uma cantora de banda *country*. Beijou-me na testa e segurou meu queixo em suas mãos. — Você é legal, vá com calma, mas seja honesta... *principalmente*... consigo mesma.

— Não sei se quero me casar com Steve.

— Esse é um ótimo primeiro passo. Do resto a gente cuida depois. — Chelsea me deu uma piscadela.

— O quê? — perguntei hesitante.

— Coisas a respeito de seus pais que você devia perdoar.

Recostei-me na cadeira e dei uma risada enquanto ela seguia porta afora.

Liguei para Steve a fim de saber se podíamos conversar. Já que eu tinha me decidido, precisava agir antes de perder a coragem.

— Steve Montgomery, Scudder, Scadden, Skipowitz e Dawn — atendeu ele.

— Onde está sua secretária? — indaguei.

— Debaixo da minha escrivaninha.

Ocorreu-me a forte possibilidade de que ela poderia estar mesmo.

— Você já almoçou?

— Não — respondeu ele.

— Peça alguma coisa para nós, e eu logo estarei saltando do trem — garanti.

— Qual é a pressa? — quis saber ele.

— Acho que precisamos conversar.

— Não pode esperar até o final do dia?

— Preciso falar com você — insisti.

Eu queria vê-lo comer um imenso sanduíche de uma delicatessen de *midtown*, sentado atrás de uma enorme escrivaninha, tomando refrigerante *diet*. Sabia que essa imagem me encheria suficientemente de repugnância e coragem para terminar o nosso noivado. Eu estava saindo pela porta quando Susan ligou de São Francisco.

— Oi, você estava na minha lista de pessoas para conversar hoje — anunciei.

— Ótimo, mas não podemos deixar para sexta-feira?

— Tudo bem.

— Vou voar para casa esta noite, e estou maluca com as coisas que preciso fazer. A propósito, você pode mostrar a cidade para Tanya na sexta?

— Tanya? A lésbica?

— Não, essa é Brittany, a ricaça que mora em Chicago. Tanya é uma amiga minha da Califórnia. Somos professoras na mesma escola — explicou.

— Certo, certo. Desculpa.

— Nós vamos pegar o trem para a cidade e depois um táxi até o porto.

— Ok.

— Você está sentada? — perguntou.

— Eu já estava de saída. — Consultei o relógio.

— Jeannine ficou noiva! Nós vamos fazer um churrasco ou outra coisa qualquer no sábado.

— Sua irmã ficou noiva? — O casamento de Susan no fim de semana seguinte seria a extensão de uma importante comemoração. — O que fez Enrique, finalmente, resolver pedi-la?

— Cinco anos não é tempo suficiente para se decidir?

— Já faz cinco anos? — Lembrei de quando eles começaram

a dormir juntos no meu sofá. Fiz uma pausa. — Olhe, preciso muito falar com você.

— O que é? Problemas no paraíso? — sugeriu.

— O navio está afundando — admiti.

— A gente pode conseguir outro para você.

— *O quê?*

— Steve é um cara legal, mas ele não faz a mínima idéia de quem você é.

— Como pode dizer isso? Eu pensei que você gostava dele!

— Eu gostava dele porque queria que você ficasse grávida na mesma época que eu, para os nosso filhos crescerem juntos. A propósito, ele tem pernas grossas. Você não vai querer filhos com pernas grossas — gargalhou.

— Eu gostaria que você tivesse me falado isso antes — resmunguei.

— Quem é capaz de lhe dizer alguma coisa que você não quer ouvir? Eu só torcia por um filho.

— Gostaria de não ter comprado o vestido.

— Eu vou usá-lo.

— Para você, é fácil falar isso. Tem toda certeza de que vai se casar semana que vem.

— Eu te amo, Cece. Existe alguém perfeito para você.

— Claro — concordei. — Só preciso encontrá-lo.

No metrô em *uptown* consegui me sentar no único vagão sem ar condicionado. Meditei sobre a breve conversa com Susan; era bem dela tolerar Steve só porque ele realçava o plano que ela projetara para nossas vidas. Ela e eu nos conhecemos em um curso de verão de comércio internacional. Tratava-se de um programa com duração de quatro semanas patrocinado pela Organização das Nações Unidas, abrangendo a diversidade cultural e a economia global. Susan queria se envolver em política, e o meu pai achava que eu devia entender o mundo que havia além do porto. Infelizmente, o programa era dirigido para estudantes de pós-graduação. Susan e eu éramos as únicas pessoas com menos de trinta anos.

Havia um aparelho de televisão no saguão para fumantes do setor educativo das Nações Unidas. Susan irrompia pela porta às três da tarde e ligava em *Hospital Geral*. Ao final de uma palestra sobre percepção cultural, infiltração americana nos antigos mercados comunistas ou tolerância religiosa, eu ansiava por nicotina.

No início, nos sentamos separadas. Eu olhava através da janela e ela olhava a televisão. Dividimos alguns pretzels da máquina de biscoitos, e depois nos revezamos para ir comprar refrigerante uma para a outra. No dia seguinte, levei lanche de casa e ela me colocou a par da história da novela. Juntas, lutamos contra jovens administradores que queriam mudar de canal e nos aliamos às secretárias em seus intervalos para descanso. Nosso projeto final foi baseado na importância da utilização da cultura americana na educação dos mercados estrangeiros. Susan e eu utilizamos gravações em vídeo de *Hospital Geral* para explicar a melhor maneira de se infiltrar nos sistemas econômicos dos países em desenvolvimento. Os outros alunos zombaram de nós, mas o professor elogiou nosso discernimento e concordou que a maioria das flutuações de oferta e demanda ocorre devido a um expressivo aumento dos intercâmbios em cultura popular. Depois disso, ficamos livres para fazer o que quiséssemos, sem que houvesse muitas críticas.

Susan era de uma cidadezinha da Pensilvânia, e por isso passamos os anos que se seguiram viajando juntas entre a Grand Central e a estação de trens de Trenton. Na casa dela, lavávamos o seu carro, limpávamos as ervas daninhas do jardim de sua mãe, ou ajudávamos seu pai a varrer folhas secas. Um fim de semana na casa de Susan significava sermos acordadas cedo na manhã de sábado, para estudar, com um café da manhã balanceado nos esperando à mesa. Aos domingos, a família dela me levava à casa de reuniões dos *quakers* que freqüentava. Durante a meditação, eu passei a ouvir os ruídos que a terra fazia enquanto se movia em direção a cada estação do ano. No inverno, galhos se rompiam das árvores sob o peso da neve e do gelo. O estalido quebradiço ecoava através da congregação. Durante a primavera, o cheiro suave de terra e forsítia atravessava as janelas, em contraste com o ruído de obras que marcava a mudança da estação em Manhattan.

Quando a simplicidade da vida de Susan se tornava insuportável, ela fugia para me visitar na cidade. A gente entrava sorrateiramente em boates e ia beber em lugares onde nunca questionavam a nossa idade. Fingíamos ser secretárias ou orientadoras de higiene bucal. Eu não tinha hora para chegar em casa e mantinha abastecida, no terceiro andar, uma encardida quitinete de antes da guerra. Voltávamos tarde para casa e ficávamos acordadas até de manhã, comendo o que comprávamos em supermercados 24 horas. Eu precisava da sanidade de Susan para me conter quando ninguém mais estava olhando, e ela precisava da minha falta de moderação para ajudar em sua experiência de vida antes de tomar juízo. Susan me ensinou a passar uma noite tranqüila em casa sem enlouquecer. Jeannine, que acabava de ficar noiva, tinha a mesma capacidade tranqüilizadora.

Foi num dia quente como este na cidade que Jeannine e eu descobrimos que conseguíamos morar juntas. Quando ela estava de mudança de um apartamento para outro, ficava comigo. Na ocasião, eu *ainda* habitava o velho cômodo no sótão do terceiro andar do prédio do nosso escritório. Jeannine e eu entrávamos correndo no apartamento quase gritando de nojo após termos segurado um grudento corrimão do metrô. Na minha cabeça, tripas de peixe eram limpas, sangue era puro, mas um corrimão de metrô era assolado por doenças. Nós duas detestávamos pés sujos sob as cobertas e usar sapatos dentro do apartamento. Nas noites de domingo, tínhamos um encontro marcado para pedir comida para viagem e assistir a velhos filmes. Por passarmos esse tempo juntas, nos tornamos amigas independentemente da minha relação íntima com a irmã dela. Para mim, significava ter dois anjos da guarda, e depois que se mudaram para a Califórnia senti desesperadamente a falta delas.

Entre duas estações, o metrô parou e as luzes se apagaram. Esperei por algum aviso, mas não houve nada. Embora estivesse mergulhada em meus próprios pensamentos, notei um homem de negócios bonitão sentado ao meu lado.

— Você tem um celular que possa me emprestar um instante? — perguntei.

— Pois não, mas estamos em um túnel. Não há chance de você completar uma ligação.

— Então será uma ligação barata — ri e enxuguei o suor do meu lábio.

O condutor anunciou que o calor excessivo havia causado panes elétricas e, após vinte minutos de espera, um gerente da estação sugeriu que retirássemos roupas desnecessárias para evitar esgotamento por calor.

— O que você acha que isso quer dizer? — perguntei em voz alta.

— Acho que quer dizer: "Nada de pânico, mas isso vai durar algumas horas".

Na escuridão do túnel, ele tirou o paletó enquanto eu segurava a sua pasta. Tateando no escuro para me ajudar a tirar o casaco, a palma da mão dele tocou no meu ombro. Senti um formigamento familiar de atração percorrer rapidamente o meu corpo.

— Casado? — perguntei.

— Separado. E você?

— Noiva.

— O problema com os noivados é que eles sempre levam ao casamento. — Ele abriu a pasta. Ouvi papéis caírem sobre o seu colo. Segurando meu punho, ele colocou um envelope pardo na minha mão. — Dá um bom leque — sugeriu ele.

— Podemos nos revezar — propus, e abanei-o por um momento.

Nossos joelhos se pressionaram ligeiramente, com mais força do que antes. Não fizemos nenhuma tentativa de nos separar, mesmo quando nossos antebraços ficaram grudentos. Outras pessoas reclamavam em voz alta e davam tropeções no meio do vagão às escuras, mas, ironicamente, nós dois estávamos contentes. A escuridão e o calor teriam sido terríveis sem ele, mas me deleitava com o silêncio entre nós. Ele nada sabia sobre mim, e gostei de imaginar que ele era perfeito e, portanto, eu também.

Após resistir durante uma hora martirizante, pousei a cabeça no ombro dele.

— Estamos pensando na mesma coisa? — quis saber ele.

— Com certeza — respondi.

— Você pula a cerca? — perguntou ele, baixinho.

— Ainda não.

— Não comece. Fica cada vez mais fácil. — Eu me endireitei e coloquei a cabeça sobre a curva de plástico do assento. — Não quis dizer que era para você se afastar — disse ele.

— Não quero piorar as coisas.

— Claro.

— No momento, já estou com problemas demais.

— Crise de nervos pré-nupcial?

— Parece ser mais sério do que isso.

— Você o ama?

— Você a amava? — rebati.

— Não foi uma acusação. Foi apenas uma pergunta.

— Estava a caminho de dar uma boa olhada nele antes de romper o nosso noivado. — Suspirei e ri um pouco, ao pensar em Steve comendo *dois* sanduíches.

— O nervosismo pré-nupcial acontece com todo mundo. Você não está sozinha.

— Não aconteceu com as minhas amigas — garanti.

— Aconteceu com os meus amigos.

— Você é homem... os homens nunca querem se casar.

— Não é verdade. Nós queremos nos casar e ter filhos. Ser pai é um passo importante para nós, mas recebemos uma porção de recados dizendo que é o fim de nossa vida. — Ele deu um leve suspiro.

— E é? — perguntei.

— Não, mas o divórcio também não é.

— O que deu errado no seu casamento? — eu quis saber.

— Você é terapeuta?

— Longe disso.

Ele deu uma risada.

— O casamento se mistura com os problemas que você já tem, mas você acredita que pode dar um jeito neles. No começo de uma relação, o homem sempre diz à mulher quem ele é, mas a mulher não dá ouvidos. Os homens dizem para vocês tudo o que precisam saber para continuar com eles.

— O que você disse para a sua mulher que ela não escutou? — indaguei.

— Que eu a trairia. Meu pai era um mulherengo. Havia sete homens na família e a única ocasião em que eu me sentia especial era quando uma mulher me notava.

— Você disse a ela que iria atrás de outras mulheres?

— Eu a *alertei.*

— Ela optou por não acreditar em você? — questionei.

— Ela acreditava que, depois que eu me casasse, isso não seria mais tão importante para mim.

— Você acredita que foi realmente honesto com ela?

— Grosseiramente.

— Você é católico? — perguntei.

— Por quê?

— Eu fui criada como católica, e você insiste na culpa ou não. Tenho certeza de que ela imaginou que a culpa o impediria de trair.

— Mas eu só passaria mais tempo no confessionário — disse ele. — Como soube que eu sou católico?

— Sete irmãos.

— Quantos irmãos você tem? — indagou.

— Nenhum — ri nervosamente.

— Que aberração — comentou.

— Você ainda se confessa? — eu quis saber.

— Quando tenho uma boa história e percebo que o padre Connelly está chateado com os trapaceiros do bingo.

— Será que todo mundo se confessa com um *padre Connelly*?

— Você também teve um?

— Sim, claro. E uma irmã Mary Margaret.

Ficamos calados por algum tempo, depois disso. As pessoas estavam ouvindo a nossa conversa. Mendigos tinham percorrido duas vezes cada vagão e recolhido algo de quase todos os passageiros, ameaçando agarrar ele ou ela na escuridão. Uma mulher em um vagão próximo desmaiou e algumas pessoas gritavam por um médico, mas eu só pensava no homem a meu lado. Imaginei nossa vida juntos, meu estranho e eu: nossos filhos, uma casa, um lugar onde eu pudesse ler um livro ao sol e tomar vinho à tarde.

Um ventilador começou a girar e as luzes piscaram. O trem deu vários trancos falsos de partida e depois parou novamente. Os passageiros se animaram e gemeram. Creio que todos ficariam contentes em se movimentar, exceto nós dois.

— Vou lamentar quando isto acabar — confessei.

O estranho colocou a mão sobre o meu joelho, e senti a calidez de sua palma através de minha calça.

— Eu também — afirmou.

— Quando chegarmos na próxima parada, preciso voltar para *downtown* — suspirei.

— Pensei que você ia comigo. — Ele deu uma risadinha.

— Creio que foi importante conhecer você — afirmei.

Pude sentir que ele olhava para mim na escuridão do trem.

Com seriedade, falou:

— Boa sorte ao resolver isso.

— A sorte é tudo o que temos? — perguntei.

Nós rimos constrangidos por um momento e depois me inclinei ligeiramente para a frente, à procura de sua bochecha. Ele me encontrou com seus lábios e me puxou na sua direção. Ao nos separarmos, me dei conta de que reconhecia o sabor de seus lábios. Ofeguei — aquele homem não era um completo estranho. Finalmente eu havia encontrado Johnny McDougal.

Nesse momento, o trem sacolejou para a frente e as luzes se acenderam. Eu estava atordoada demais para falar alguma coisa, e, enquanto nos levantávamos, Johnny lentamente enfiou de volta na pasta os envelopes que havíamos usado como leque. Só que suas sardas haviam sumido, e ele parecia contente só de sorrir para mim. Esperamos na multidão perto da porta.

— Eu ainda tenho mais algumas paradas — disse ele, e em seguida me entregou um dos seus cartões de visita. — Por via das dúvidas, se você quiser telefonar.

Concordei com a cabeça.

Ele apertou minha mão num adeus, enquanto eu ia arrastando os pés para a plataforma através do desordenado grupo explosivo de nova-iorquinos frustrados. Ainda atordoada, virei-me para olhá-lo novamente até as portas se fecharem.

Enquanto o trem partia eu o vi, em meio ao denso rebanho de passageiros, apoiar-se nas portas e pronunciar surdamente a pergunta: "*Catherine?*"

6

Fale Agora

Quando eu tinha doze anos, Jonathan McDougal deixou que eu segurasse seu pênis no beco atrás da venda de refrigerantes. Johnny estava com treze ou catorze anos. Ele tinha um emprego de varredor da Candy Corner, uma lanchonete local que vendia hambúrgueres, balas e alguns artigos de toucador. Ele parecia importante com sua camisa branca engomada, avental listrado de azul e jeans azul-escuro novo em folha. Todos os rapazes que trabalhavam para o Sr. McMillan usavam uniforme, mas era ele quem se destacava. Suponho que, se McMillan não gostasse tanto de uísque à temperatura ambiente ou não vivesse ocupado com a viúva Sra. Santiago, talvez notasse que Johnny desaparecia de trás do balcão por longos períodos de tempo.

Johnny era a coisa mais graciosa que eu já tinha visto. O nariz era arrebitado e sardas se espalhavam por toda a testa. O que aprendíamos um com o outro era passível de punição pela ira do demônio e por Ave-Marias suficientes para nos manter rezando até completarmos vinte anos. Eu era a única menina que sabia que ele tinha um pouquinho de pêlos entre as pernas, que pareciam plumas.

Eu tinha visto fotos de como as pessoas agiam para fazer bebês e, embora soubesse que não havia entendido algumas partes, queria experimentar para ver como é que era.

— Não — alegou Johnny — a gente tem que se casar.

— Eu quero experimentar.

— Acho que não vai dar certo.

— Não importa. Eu quero.

— E se a gente for apanhado? Você tem certeza?

— Toda — afirmei confiante, colocando os meus lábios nos seus. Eles eram mais finos do que eu imaginava e mexi a cabeça para os lados, como faziam no cinema. Mantive a mão subindo e descendo pela calça dele para sentir as mudanças em seu pênis. Ele soltou um leve gemido.

— Dói? — perguntei.

— Não, é uma sensação legal.

— Então por que está gemendo?

— Não sei.

Com as coisas se intensificando, olhamos de um lado para o outro do beco e decidimos ir para trás das latas de lixo a fim de termos mais privacidade.

— Espere — pediu Johnny. Enquanto eu esperava no beco, ele entrou furtivamente na venda e voltou com uma toalha limpa de mesa quadriculada de vermelho e branco do depósito. Nós nos esgueiramos por entre as latas de lixo e estendemos a toalha no chão. Johnny deitou de costas e levantou a parte de baixo do avental. Sob a luz do depósito, pude ver a pele clara de sua barriga. A ponta de elástico de sua cueca branca apareceu na extremidade da calça quando ele desafivelou o cinto.

— Acho que é para eu deitar em cima de você — sugeriu ele.

— Eu sei, mas eu vi numa revista que ela ficava por cima dele.

— Acho melhor não fazer isso.

— Você é covarde? — perguntei.

— Não.

— Ótimo, pois eu não faria isso com um covarde — ri e beijei Johnny com força nos lábios.

— Tire — ordenei jocosamente.

— Você primeiro.

Eu me levantei e puxei a calcinha para baixo, até os meus sapatos de camurça marrom, sem dobrar os joelhos.

— Agora você — voltei a ordenar.

— Talvez dê para a gente fazer se eu só puxar.

— Não. Tire.

— Sou eu quem devia lhe dizer o que fazer.

— Por quê?

— Não sei... é o que o meu irmão diz.

— Tire, ou vou embora.

Johnny pareceu apavorado com a idéia da minha partida. Lembrando agora, parece engraçado que o modo com que eu lhe dava ordens era o mesmo que utilizava com as meninas no playground, dizendo-lhes o que deviam fazer quando jogavam no meu time de *dodgeball*.

— Não posso puxar para baixo só um pouquinho? — indagou ele educadamente.

— Acho que sim.

Ele se contorceu e baixou o jeans e a cueca até as coxas, o que fez suas pernas ficarem esticadas e juntas como se estivessem amarradas nos joelhos. Como tinha ouvido os homens nas docas e no mercado de peixe falarem sobre sexo, imaginava que, se ele colocasse o pênis dentro de mim, eu subitamente ficaria com seios enormes e pêlos púbicos encaracolados, como se fosse uma cena de *O Incrível Hulk*. Eu me ajoelhei e baixei sobre ele. Johnny fechou os olhos.

— Qual é a sensação?

— Meio apertada.

— É gostoso?

— Acho que sim. É uma sensação diferente.

Eu já estava entediada e resolvi me acocorar apoiada nos calcanhares para evitar que os meus joelhos se ferissem.

— Oooh — fez ele.

— Está doendo?

— Não, não, ooh.

Johnny me agarrou pela cintura e passou a me balançar em cima dele.

— Que idiotice — falei, mas não estava sendo para Johnny. Ele começou a se sacudir e eu pensei que estava ficando enjoado.
— Não vomite. — Coloquei a mão sobre a sua boca.

Ele empurrou o meu dedo com a língua e voltou a estremecer. Os olhos se arregalaram e se fecharam novamente.

— Podemos fazer isso outra vez, um dia desses? — perguntou.

— Tudo bem, mas não me assuste nem faça essas caretas, tá?

— Desculpa.

— Você se sentiu bem? — eu quis saber.

— Me senti, mas foi uma coisa estranha, meio enjoativa, como se eu estivesse numa montanha-russa.

Levantei-me e observei o pênis dele se contrair.

— Da próxima vez, eu também quero me sentir bem — propus.

— Acho que é mais fácil para o homem.

— Vou conseguir um livro ou coisa assim — sugeri e puxei para cima a calcinha, que estava enroscada em volta do tornozelo esquerdo.

Empurrei para os lados as latas de lixo e procurava os meus livros na escuridão, quando Johnny surgiu por trás de mim e colocou as mãos sobre os meus olhos.

— Você vai contar? — indagou.

— Para quem? — perguntei. — Padre Connelly?

— Sei lá.

— Se falar uma só palavra para alguém, principalmente para os seus irmãos idiotas, vou fazer com que mandem você para o hospício por me forçar a acariciar você no beco — ameacei. — Da próxima vez, quero me sentir bem. Vamos olhar no livro. Entendeu?

— Tá — concordou, e me deu um rápido beijo na bochecha.

Passei um ano experimentando com Johnny, sem que ninguém jamais soubesse. Externamente, era como se ele tivesse me adotado como sua irmã caçula. Minha mãe nos conduzia avidamente a rinques de patinação, parques, cinemas, e permitia que ele dormisse em casa nos dias de semana. Levaria uma eternidade antes de ocorrer aos meus pais que ele e eu sabíamos o que era sexo. Passaram-se anos até eu descobrir que eles sabiam mais do que eu desconfiava. Meu pai o adorava e creio que Johnny necessitava de atenção paterna. Na minha casa, ele era especial. Meus pais eram pródigos em doces, comida e jogos para ele. Meu avô gostava de jogar baralho com ele e requentar grotescas histórias da guerra sobre homens que perdiam membros, sangue e mulheres.

Johnny e eu finalmente conseguimos um livro que nos mostrava o que deveria fazer uma mulher se sentir bem. Havia citações de várias mulheres sobre as coisas de que gostavam, e fotos de uma vagina.

— A aparência dá até medo — observou Johnny.

— É, dá mesmo.

Tive que admitir que ele estava certo. Ela parecia enrugada e triste. Eu tinha uma área tão minúscula para me fazer sentir bem, e a dele estava sempre aumentando. Ao olhar as fotos, desejei poder ser um menino ao invés de menina.

— Eu gosto de você como menina. Se você fosse menino, não acredito que a gente fosse fazer essa coisa.

— Mas a gente teria mais tempo.

— Como assim? — perguntou.

— Você sabe, seu burro.

— Não, não sei, sua burra.

— Quando eu tiver a coisa todo mês, preciso parar de fazer sexo, até voltar a querer.

— Quando você vai ter?

— Pelo menos sabe o que é a *coisa*?

Confirmou com a cabeça.

— A gente pode fazer bebês — sugeriu ele alegremente. Como crianças católicas, sentíamos que isso fazia parte de nosso destino.

Voltamos a examinar as fotos lentamente, apontando para as palavras grifadas que a gente não entendia. Em menos de três meses, possuíamos um razoável vocabulário básico de termos sexuais.

Eu indagava:

— O que você sente quando acaricio o seu pênis?

Ele perguntava:

— Estou massageando o seu clitóris com muita força?

Embora nenhum de nós dois soubesse na ocasião, estávamos muito à frente do que qualquer aula de saúde pública jamais poderia no ensinar, principalmente em um ambiente religioso. No meu aniversário de treze anos, Johnny anunciou que tinha uma surpresa para mim. Mal pude esperar para abrir os meus presentes. Havia um diário dele, era lindo e tinha flores, mas fiquei decepcionada. Meus pais nem pensaram duas vezes quando perguntei se ele podia dormir em casa.

Naquela noite, quando ele veio para a cama, eu o empurrei para fora.

— Cadê a minha surpresa?

— Vai ter que me acariciar para ver.

— Já ando farta disso — revelei.

— Desta vez, será diferente.

Iniciei o mesmo padrão de fricção que sempre usávamos. Primeiro, lentamente, em seguida mais depressa, depois mais lento, e muito rápido ao final. Dessa vez, quando surgiram as ondas de seu orgasmo, ele ejaculou pela primeira vez em minha mão. Gemeu e rolou de costas por um momento.

Ele apoiou-se sobre um braço e cochichou:

— Eu tive um sonho, noites atrás. A gente estava fazendo sexo, no beco atrás da lanchonete do Sr. McMillan, e aí você se transformou na viúva Santiago. Quando acordei, tinha porra no lençol todo.

Comecei a chorar baixinho.

— O que foi? Achei que você ia ficar contente — ele falou.

— *Você* já pode fazer bebês, mas eu ainda *não*.

— Eu espero você.

— Legal — concordei, para fazê-lo dormir, e ele dormiu, esquecendo-se pela primeira vez de me dar um beijinho ou acariciar meu braço.

Poucos dias depois, ele se formou no ginásio e deixou de me procurar. Depois disso, durante meses, eu dormi com a última recordação que tinha dele enfiada debaixo do meu travesseiro. Em algum lugar, num baú com esqueletos de peixe, dentes de tubarão e parafernália náutica, há um cinto branco de vinil com as letras da turma *Peanuts* bordadas.

Depois que Johnny se foi, tornou-se importante para mim ser "o filho número um"; todos sentimos saudades dele. Minha mãe teve complicações quando eu nasci e dizia que não podia ter mais filhos. Anos depois eu descobri que era mentira. Ela não queria mais filhos, e, na nossa vizinhança, era mais fácil dizer que não conseguia engravidar. Ela era uma mulher que as outras pessoas chamavam de *durona*. Depois que seu pai morreu, ela se protegeu da perda dando as costas para a maioria das coisas — nem mesmo meu nascimento a amoleceu. Aliás, às vezes acho que isso a tornou insensível. Ela vivia me preparando para a minha morte ou tentando me preparar para a dela. Minha mãe me ensinou duas coisas: usar terno e ser independente.

Tranquei o cartão de Johnny no cofre da firma, e tinha tomado dois copinhos de Drambuie e meia garrafa de vinho quando Steve ligou para dizer que não vinha para casa.

— Temos uma janela nova — disse eu, arrependida.

— Preciso me concentrar seriamente nesse caso. Terei que voar para a Flórida, no próximo fim de semana, para me encontrar com o presidente da empresa.

— O casamento de Susan é no próximo fim de semana.

Silêncio.

— Lamento — disse ele.

— Eu também.

— Não foi de propósito.

— É apenas uma coincidência — falei, me servindo de outra taça de vinho, imaginando se, naquela noite, Johnny precisaria tanto de um drinque quanto eu.

— Antes que você fique bêbada demais para raciocinar, também tenho algo planejado com um dos sócios neste fim de semana.

— Por que você não se casa com um sócio? Desse modo, não terá que voltar para casa para ser fodido, basta ficar no escritório e tomar no rabo.

Desliguei, tomei o resto do vinho, comi uma tigela de pipoca e adormeci no sofá.

No dia seguinte, cambaleei pelo escritório ocultando os olhos inchados. Steve não telefonou e meu pai bradou ordens que nos mantiveram todos ocupados até perto da hora do coquetel. Foi um péssimo dia para Mickey Little aparecer para discutir preços e, como sempre, ele chegou sem avisar.

— Mickey Little está aqui e quer falar com você — anunciou Chelsea com visível irritação. Ela jamais gostou dele.

— Cece, eu estava nas redondezas, e precisamos conversar sobre os filés de linguado pelos quais está me cobrando um preço exorbitante. — Ele invadiu a sala sem esperar resposta. Não me levantei para cumprimentá-lo.

— Posso pegar um café? — perguntou.

— Mickey, você consegue tomar um café muito melhor em qualquer um dos seus restaurantes.

— Você não é capaz de mover o seu traseiro para pegar um café para mim, mas tem a coragem de me cobrar nove pratas por meio quilo?

— Minha mercadoria tem garantia. Procure outro que vai baixar o preço se estragar antes da data da entrega.

— Você é esperta, mas cobra caro e todo mundo sabe disso.

Eu sabia muito bem que não devia dar papo para ele, mas, ao mesmo tempo, não conseguia me conter.

— Quem é todo mundo?

— São aqueles sacanas de olhos puxados que andam falando.

— Refere-se aos descendentes de asiáticos?

— Não, mas os chinas também já andam fartos.

— Seriam os chinas da Tailândia, os chinas de Hong Kong, os chinas da Birmânia, os chinas do Vietnã, os chinas do Camboja ou os chinas do Tibete?

Mickey, incomodado, torceu uma de suas correntes de ouro. Ele era um dos poucos homens no mundo capaz de usar correntes de ouro. Ia à academia de ginástica todos os dias, depilava o peito e tinha a mesma pele macia e morena desde a puberdade. No verão, quando ia com a família para a Itália passar o mês de agosto, voltava com a pele de um castanho-escuro intenso.

— Todos nos empolgamos, Cece. O atum agora está na moda, mas, na próxima semana, esse grande sacana sangrento será substituído por ostras. É melhor você se mancar e baixar os seus preços.

Exasperada com o escárnio, paguei para ver o seu blefe.

— Compre de outro, se estiver a fim de poupar uns centavos. Mas, honestamente, no seu lugar, eu tomaria todo o cuidado para não sacanear a sua clientela. Eles não vão entender uma decepção.

O restaurante de Mickey atraía os elegantes jovens da Máfia. Quando a gente se sentava no restaurante dele era como estar dentro de uma revista de moda italiana. Tudo era lustroso, brilhante, colorido e envolvido por uma cortina de fumaça de cigarro.

— Sabe do que eu não gosto em você?

— Em mim, Mickey, ou nos meus preços?

— Ambos. Não quer saber?

— Não, mas creio que vai me dizer, independente...

Mickey me interrompeu.

— É isso aí! É a porcaria dessa sua pose de princesa. Você cheira a peixe, mas fica sentada na sua linda sala fingindo ser melhor do que o sujeito que tem a sua barraquinha na rua.

Concordei com a cabeça.

— Anda por aí com as suas canetas elegantes fingindo que não beija de língua e não fuma cigarro como o resto de nós.

Mickey se ressentia de nunca termos feito sexo. Eu me tornara motivo de sua ira desde quando tínhamos quinze anos, após uma brincadeira de Sete Minutos na Cadeia. Ele tinha forçado demais a língua dele, e fiz com que percebesse isso mordendo-a. Mesmo virgens, amantes italianos não gostam de ser criticados. Apesar de seu pai ser cliente do meu, eu jamais teria garantido a atenção de Mickey se tivesse aberto as pernas para ele. Com certos homens, trata-se de uma fina linha divisória. Eu flertava com ele porque isso me dava mais poder. Toda garçonete que trabalhava para Mickey sabia que trepar com ele no depósito do porão era uma exigência contratual. Era doloroso para o seu ego o fato de eu, uma das mulheres menos bonitas e mais sem charme de sua vida, nunca ter cedido às suas investidas. Coloquei a mão sobre a de Mickey.

— Oito e quarenta e cinco por meio quilo, e você cancela os outros pedidos da Fo Tang Sturgeon Company.

— Sim, ótimo, *e*... — levantou uma sobrancelha.

— Estou velha demais para fazer negócios desse jeito.

— Cece, você não é uma supermodelo, mas eu sei que gosta de fazer aquilo. Essas gurias magricelas simplesmente ficam deitadas ali. Você poderia pensar que é perfeito: elas não querem nada, não fazem a gente esperar... mas, puxa vida, não se mexem. Não consigo acreditar que eu preferia transar com o seu traseiro macio e sardento!

Não pude evitar dar uma risada. O charme de Mickey estava na sua franqueza infantil. Ele era o pior tipo de homem com o qual uma mulher podia se casar, se ela ligasse para a fidelidade, mas o melhor tipo de homem se ela ligasse para lealdade.

— Mickey, se o meu casamento não der certo, talvez você possa bancar o reserva numa emergência.

— O quê? O Sr. Uptown não é perfeito, mesmo com todos aqueles dentes brancos?

— Na verdade, não, Mickey... acho que está tudo acabado.

— Ah, sem essa. Qual é o problema?

— Não gosto do cheiro dele.

Nós dois caímos numa gargalhada histérica. Nada parecia mais irônico para a proprietária de uma venda de peixes por atacado e um restaurateur italiano. Acompanhei-o até a porta da rua.

— Oito e quarenta e cinco, e nada de comprar dos outros. — Estendi a mão para me despedir.

— Se precisar de mim, telefone, Cece.

— Se eu precisar de você, dou uma passada lá.

Mickey beijou a minha mão e gesticulamos com a cabeça, ambos lembrando que a última vez em que ele dera em cima de mim tínhamos pouco mais de vinte anos. Eu tinha recuado tão rapidamente em minha fúria que caí sobre três engradados de berinjelas. Quando as minhas mãos deslizaram pelos bulbos arredondados e os talos verdes e firmes dos legumes, fiquei profundamente excitada. Se tivesse sido qualquer outro homem *além* de Mickey, eu teria me deleitado com as exuberantes berinjelas roxas rolando por baixo de mim enquanto fazíamos sexo.

Depois que tranquei a porta e liguei a secretária eletrônica, meu pai me abordou no vestíbulo.

— Catherine, precisamos fazer uma reunião antes da próxima segunda-feira. Sei que ficou presa ontem no metrô, mas já planejei algumas coisas que você precisa saber — disse ele.

— Isso pode esperar até a semana que vem, papai.

Chelsea girou nos calcanhares e olhou para mim. Meu pai ficou paralisado. Em todos os anos que trabalhamos juntos, eu o tinha xingado, gritado e jogado coisas nele, mas nunca, jamais, em tempo algum, havia sugerido que ele esperasse.

— *O quê?*

— Isso pode *esperar* até a semana que vem. Se todas as nossas entregas estão no horário, o resto não tem importância. — Olhei diretamente nos olhos do meu pai.

Exausta por causa da tensão do calor do verão e as contínuas lembranças de Johnny, eu não tinha mais energia sobrando para ouvi-lo. Meu pai começou a levantar o dedo esquelético para me repreender, mas, em vez disso, apontou-o para Chelsea. Era como se soubesse que, se apontasse na minha direção, seria um desastre.

— Não sei o que vocês, mulheres, andaram maquinando, mas não estou gostando.

Delicadamente, segurei o dedo do meu pai. Os ossos sob a fina pele curtida estavam inchados nas juntas por causa da artrite. Fiquei parada ali, em silêncio, segundo o seu indicador, e decidi que o negócio era meu. Eu não trabalhava mais para ele. Ainda posso sentir as suas juntas rangentes presas na palma da mão e como a minha pulsação disparou e, em seguida, se estabilizou, quando o olhei de cima para baixo.

— Não precisaremos mais de você pelo resto da semana — assegurei, sem largar o dedo dele.

— Então você está no controle? — Ele meneou lentamente a cabeça como se tivesse ouvido uma piada malcontada.

— Sim, estou.

— Quando poderemos fazer a reunião?

— Semana que vem. — Dei um sorriso animador e, relutante, larguei o seu dedo.

Para ele e para mim foi o final de uma era, ou o início de uma longa guerra fria. Dei as costas para eles e me retirei para a minha sala.

Chelsea bateu na porta depois que ele foi embora e me ofereceu um cigarro.

— Parece que vai ser outra longa noite — comentou.

— A primeira que passarei sozinha depois de muito tempo.

— O que aconteceu ontem no metrô?

— Recebi um sinal de que não devo me casar com Steve, tomei uns tragos depois do trabalho e depois bebi uma garrafa inteira de vinho tentando esquecer que estou noiva.

Chelsea deu a volta na minha escrivaninha e me segurou.

— Tenho certeza de que você não é a única. Por que não sobe agora, para dormir um pouco, e tenta ficar longe da bebida?

Depois que liguei o alarme do escritório, estava exausta por causa dos acontecimentos do dia e mal consegui subir a escada. Chelsea foi para casa sacudindo a cabeça e resmungando que tinha de ligar para a minha mãe. Não acendi as luzes do apartamento e fiquei ouvindo o tráfego do verão fluir até adormecer. Tarde da noite, acordei e verifiquei meus recados. Um era de Emily, confirmando o almoço marcado para quinta-feira. O outro era da Basswinder, a propriedade que havíamos reservado para o nosso casamento. Ligaram da Basswinder para informar que reteriam a taxa de depósito se o casamento fosse cancelado com menos de noventa dias de antecedência. Tratava-se de uma informação que *eu* não havia pedido. Quis ficar irritada ou, pelo menos, me sentir traída, se tivesse sido *ele* quem havia ligado para investigar quanto custaria cancelar o nosso casamento, mas, honestamente, achei que perder os vinte mil dólares de depósito era mais barato do que um divórcio. O sono veio mais fácil depois disso.

Na quarta-feira, vestida com um dos pijamas de Steve, esperei a chegada de Chelsea.

— O que está fazendo? — perguntou ela, quando destrancou a porta e me encontrou na escada.

— Estou pensando se vou ou não devolver este pijama para Steve, junto com as outras porcarias dele. — Derramei um pouco de café no colo.

Chelsea sentou-se a meu lado.

— Cigarro? Acho que é cedo demais para uma bebida. — Abriu a cigarreira de prata.

— Desisto. — Peguei um do estojo.

— Sua mãe vem na hora do almoço.

— Você não acha que preciso me preparar para visitas familiares? — Enfiei a cabeça entre as pernas e expirei no caneco de café.

— Depois do seu desempenho de ontem, acredito que está se saindo bem.

— Você acha que ele vai voltar hoje para o escritório? — indaguei.

Ela sorriu.

— O compromisso dele é na semana que vem.

— Não posso me dar a esse luxo, mas preciso ficar na cama. Este, oficialmente, é o primeiro dia em que trabalho para mim mesma e estou tirando folga. Se passarmos todos os telefonemas lá para cima, você poderá assistir às novelas e eu poderei chorar.

— Lamento, chefinha, mas creio que temos algo na agenda.

— Eu tenho um encontro na próxima semana com o dono de um novo restaurante e alguns consultores "conceituais" viciados em heroína. — Devia me preparar para isso, pensei; em seguida, resolvi que preferia a lama.

— E o pedido dos Mendoza?

— O que eles desejam? — quis saber.

— Camarão gigante para uma festa particular.

— Esses são uns daqueles vigaristas pés-de-chinelo do papai, não são? — indaguei.

— Você sabe quantos restaurantes eles possuem nesta ilha. — Chelsea deu uma piscadela.

— Suponho que o camarão é um presente, não? — perguntei.

Chelsea suspirou e confirmou com a cabeça.

— Ligue para Rocco, use a Bolsa do Peixe, e diga para mandarem trezentos camarões gigantes, pré-cozidos em vapor e limpos. Diga que é para colocar em gelo limpo e escamado e enviar a conta para mim. Usaremos uma das minhas notificações de inspeção para indicar um produto deteriorado e lançá-lo como prejuízo.

— Que tal um presente ou uma doação?

— Não creio que os Mendoza paguem impostos, muito menos que tenham uma organização sem fins lucrativos — argumentei.

— É um batizado. Tenho certeza de que haverá um padre presente.

Chelsea sabia que eu detestava usar as minhas notificações de inspeção de peixes, a não ser que fosse uma emergência. Eu tinha feito um curso demorado e tedioso para poder verificar o frescor dos meus próprios peixes do mesmo modo que os inspetores do governo. Passei três meses em um acampamento no Maine cheirando barriga de peixe podre e ouvindo uma sala cheia de homens fazer piadas com as mulheres. Quando precisávamos fornecer grandes presentes para famílias como a Mendoza, eu me permitia deduzir vários carregamentos por ano como perda de impostos. Até então, eu vinha sendo frugal com os meus relatórios de inspeção, pois queria lançar como prejuízo algumas ostras, atuns e salmões para o meu casamento.

— Verifique se Rocco pode entregar o camarão na igreja e se essa idéia agrada a Rita Mendoza. Diga a ela que queremos presentear o camarão... e você sabe o resto.

— Eu dou os telefonemas? — perguntou Chelsea.

— Eu vou estar na cama com uma caixa de lenços de papel.

— Você não parece tão triste assim. — Chelsea deu um sorriso.

Arrumei o quarto e me sentei na cama com uma porção de revistas. Ao folheá-las, fiquei estarrecida com um anúncio que mostrava uma loura sentada em um vaso sanitário, com a calcinha baixada até os tornozelos; o anúncio era de sapatos. Liguei para cancelar a assinatura das três revistas que publicaram o anúncio. Tratava-se de algo que me autorizava a eliminar revistas de minha vida, e preenchi um cheque para a National Organization of Women (Organização Nacional de Mulheres).

Quando ouvi minha mãe e Chelsea conversando lá embaixo, eu tinha recortado uma dezena de revistas e remontado todos os modelos para que tivessem três braços e pelo menos duas cabeças.

— Quem ainda está na cama? — perguntou a minha mãe, subindo a escada.

Não respondi. Cautelosamente, ela abriu a porta. Eu a vi parar diante da mesa e examinar o cheque em nome da NOW.

— É um modo esquisito de você festejar a obtenção de seu próprio negócio — comentou.

— Bem, Jane, não estou mesmo a fim de festejar.

— Por quê? Você conseguiu ganhar uma excelente firma.

— E perder o meu noivo?

— Suponho que não vai adiantar eu dizer que não se pode enfiar um pino quadrado num buraco redondo. — Ela se sentou na beira da cama e puxou o meu dedo mindinho. Minha mãe tirou o paletó e os sapatos e se sentou ao meu lado na cama. — Sinto saudades desta vista — falou.

— Pode vir me visitar quando quiser.

— Soube que você marcou uma reunião — deu uma risada.

— Como é que ele estava, quando chegou em casa? — quis saber.

— Calado, muito calado.

— Você perguntou o que aconteceu?

— Chelsea já tinha me feito o relatório pelo telefone. Ele tomou alguns tragos por aí, antes de voltar para casa.

— Não foi nada parecido com as brigas nas quais jogamos coisas e gritamos. Nem com a nossa quebradeira de vidros costumeira.

Ela colocou a mão sobre a minha.

— Eu soube que já houve bastante vidro quebrado.

— Esta semana está sendo um pesadelo. Eu devia ter adivinhado quando Zoe se amarrou a Reno. Que horas são? Preciso muito de uma cerveja.

— Cerveja e ovos?

— Isso, cerveja e ovos.

Segui minha mãe até a cozinha. Muito pouco havia mudado desde que ela havia morado ali. Eu tinha móveis novos, panelas, relógios e mesas, mas, em sua maior parte, as coisas tinham sido colocadas nos mesmos lugares. Ela pegou ingredientes ao acaso de cima do balcão. Uma infância pobre produz uma cozinheira criativa.

— Me diga o que está havendo — pediu ela, ao abrir com um estalido duas cervejas e me dar uma delas.

— Mãe, é muito difícil para mim falar sobre isso, sabendo o quanto você queria que eu me casasse.

Ela largou os ovos na vasilha e virou-se lentamente para me olhar nos olhos. Os dela estavam úmidos e confusos. Ela deu um longo e profundo suspiro e um gole na cerveja. Senti um aperto no peito.

— Se não encontramos as nossas próprias soluções como adultos, procuramos consertar os nossos erros por intermédio dos nossos filhos. — Ela se voltou para a chama no fogão. — Quero que você se case, ou queria que se casasse, para poder parar de me preocupar com os meus erros.

Ver minha mãe chorar foi paralisante.

— Seu pai e eu tivemos alguns momentos difícieis. Nunca partilhei isso com você. Não sei por quê. Bem, eu sei, mas nunca achei que estava pronta para falar a respeito disso.

— Jane Lacey, você está me surpreendendo hoje — comentei, engolindo a minha cerveja para evitar que as lágrimas escorressem.

— Estou surpreendendo a mim mesma.

Ela começou a preparar os ovos. Continuamos a nossa conversa enquanto ela os partia e misturava.

— Steve e eu terminamos — anunciei.

— Há sempre um momento em que vemos o nosso parceiro como ele é realmente. Nessa ocasião, optamos por amá-lo incondicionalmente ou continuamos a vê-lo como queremos. — Deu de ombros.

— Você nunca falou algo assim antes.

— Não queria que me fizesse muitas perguntas — disse ela, suspirando pesadamente e batendo os ovos.

— Você acha que eu sempre soube que não me casaria com Steve?

— Todos nós sabemos das coisas, mas preferimos ignorá-las até o último momento possível.

Respirei longa e calmamente e dei um trago na cerveja.

— Tipo infidelidade?

Minha mãe não parou de bater e despejou os ovos na frigideira.

— Um exemplo perfeito — afirmou.

Ela não se voltou para me encarar. Minha mãe jogou a omelete para o ar e a virou sem interromper sua concentração. Manteve as costas para mim. Quando ficamos cara a cara, com os ovos e a cerveja, ela suspirou.

— A infidelidade é complicada — disse ela.

— Ao que parece, o casamento é complicado — observei.

— Todos os contratos têm letras miúdas.

Após trinta anos de trabalho exaustivo e uma coleção de sapatos requintados, fiquei imaginando se minha mãe estava pensando em deixar o meu pai.

— Mãe... está pensando em divórcio? — perguntei.

Ela me olhou com uma inclinada de cabeça e começou a gargalhar.

— Não, não, querida. É tarde demais para um divórcio, e eu ouvi dizer que eles são exaustivos.

— Então, o quê?

— Coma seus ovos antes que esfriem.

— Acho que você jamais me falou algo tão maternal em toda a minha vida.

— É melhor eu praticar. Parece que, neste momento, você está precisando de uma mãe.

— Você se lembra de Johnny McDougal?

— Claro. Ele era adorável.

— Você se lembra dele?

— Eu o reconheceria em qualquer lugar. Aquelas sardas eram encantadoras.

— Não restam muitas nele — comentei.

— Como é que sabe?

— Eu o vi.

Minha mãe deixou cair o garfo.

— O quê?

— Eu o vi no metrô, no outro dia, quando fiquei presa. Ele estava sentado ao meu lado, no escuro.

— Ele se casou?

— Casou, mas não foi feliz.

Ela deu um tapinha na minha mão e sorriu.

— Que bom que você nunca terá que dizer isso de si mesma.

Todas as coisas que eu tinha guardado para a conversa que teria com Chelsea arrisquei contar à minha mãe naquela tarde. Nós nos sentamos em todos os lugares ensolarados da casa, observando o tráfego no ancoradouro. No final da tarde, já tínhamos entornado meia dúzia de cervejas e eu estava pronta para uma soneca. Chelsea se juntou a nós para uma taça de vinho e voltei a dormir até aquele dia útil do meio da semana ter se encerrado há muito tempo.

Não havia luzes acesas no meu apartamento quando acordei. Ao ficar deitada ali, me dei conta de que a escuridão sempre envolvia a nossa casa antes que alguém acendesse as luzes. Tornara-se um hábito meu esperar até que a última parte do dia sumisse antes de alcançar um abajur. Steve ficava irritado toda vez que voltava para casa e me encontrava sentada no escuro.

Ouvi suaves vozes melancólicas misturadas com sirenes. Nas sombras escuras, vi minha mãe e Chelsea sentadas uma perto da outra no sofá. Estava claro que, seja lá o que tivesse acontecido entre meu pai e Chelsea, havia sido há bastante tempo, e ela e minha mãe tinham escolhido a amizade em vez do ressentimento.

— Ei, vocês tomaram todo o vinho? — perguntei.

— Achávamos que você não ia levantar mais. Temos reservas para o River Club daqui a uma hora — informou minha mãe com a voz animada.

— O River Club? — surpreendi-me.

— A gente achou que devia comemorar — disse Chelsea.

— Comemorar o quê?

— O seu novo negócio — falaram as duas em uníssono.

— Ah. — Fiquei imaginando se ia querer sair do meu pijama. Eu nunca tinha estado em parte alguma com a minha mãe sem o meu pai, nem ido com Chelsea a um lugar onde havia toalhas de mesa.

— Chelsea, o que houve com os Mendoza?

— Rocco vai levar a carga para a igreja e dar uma carona para o padre.

— Quando?

— Logo após a cerimônia da manhã de sábado.

— Alguém ligou para o papai e avisou que já cuidamos disso? — indaguei.

— Ligue amanhã — sugeriu minha mãe. — Vá se vestir, ou vamos nos atrasar.

Durante o jantar, minha mãe e Chelsea riram como duas meninas trocando segredos. Embora eu risse junto com elas, me sentia como uma intrusa na longa história delas. Nunca havia me ocorrido que, ao lidar com as erráticas mudanças de humor e o mau gênio do meu pai, elas tinham criado um vínculo inegável. Devemos ter liquidado quatro garrafas de vinho e não me lembro de ter sido deixada em casa, mas quando o telefone tocou, às três da madrugada, a voz do meu pai me fez ficar sóbria.

— Cadê a sua mãe? — indagou.

— Papai?

— Onde está ela?

Olhei pelo apartamento e não encontrei vestígios dela.

— A gente bebeu um pouquinho demais no jantar — admiti.

— Onde está ela?

— Acho que foi para casa com Chelsea.

Ele tossiu.

— Pai, você está bem?

— Estou ótimo. Steve foi embora? — perguntou com a voz solene.

— Ainda não. — Sentei-me na cama e notei que ainda estava de sapatos.

— Oh. — Silêncio. — Por que não me contou?

— Eu não conto essas coisas para você.

— Verdade.

A reação dele me fez sentir culpada por partilhar a minha decisão com Jane antes de contar a ele. Em minha defesa, falei:

— Às vezes eu tenho vontade, mas você parece não querer escutar.

— Estou ligando para você agora.

— Está à procura de mamãe.

— Bem, mas agora estamos conversando pelo telefone.

Comecei a me despir e me dei conta de que estava ao telefone com o meu pai.

— Arranjei o camarão dos Mendoza — avisei, mudando de assunto.

— Obrigado.

Após algum silêncio, eu disse:

— Papai, *eu* não quero me casar com Steve.

— Ninguém devia se casar com um advogado — observou.

— Pensei que você gostasse dele.

— Gostei mais dele do que daqueles vigaristas pés-rapados com quem você saía para projetos de arte e pintura com o dedo, mas isso não quer dizer que eu *gostava* de Steve.

— Por que nunca me disse nada?

— Você poderia se casar com ele.

Havia novas regras para todos os antigos jogos. Eu não sabia como conversar com o meu pai ou minha mãe, e agora ambos queriam a minha total atenção.

— Catherine?

— Sim, papai. Ainda estou aqui.

— Em um casamento, dizem que a função do pai é "Se vestir, se calar, se mostrar e pagar". Agora acho que eu devia falar. A verdade é que eu jamais gostei dele e nem daquele pai, convencido e egoísta.

Pela primeira vez, de todas as que eu já havia olhado para trás a fim de ver se os meus pais haviam reparado em mim, fiquei subitamente desconcertada pelo quanto eles andavam prestando atenção. Meu pai, minha mãe e eu estávamos bêbados pela segunda ou terceira noite seguidas. Isso me fez pensar no que acontecera a todos nós na escuridão de nossas casas.

— Pai, eu queria que você fosse ao escritório na sexta-feira. — Parei e refiz a pergunta: — Pode me ajudar no escritório na sexta-feira?

— Claro, claro, vou estar lá — afirmou, e deixou cair o fone antes de desligar.

7

Negar o Vosso Nome

Há um tênue limite entre se perder e voltar a se encontrar. Quinta-feira de manhã, ao tomar o meu café novamente na sala de estar, evitando o escritório, coloquei argamassa em volta da nova janela e passei a enumerar as lembranças de mim e Steve juntos. Ordenando-as em grupos, elas me provaram que, em algumas ocasiões, fomos um casal bem-sucedido.

Quando ouvi Chelsea desligar o alarme do escritório, coloquei um cobertor sobre a cabeça e me escondi no sofá. Chelsea nem mesmo se deu ao trabalho de verificar se eu estava no escritório; em vez disso, subiu a escada. Os rituais em minha vida haviam se desintegrado muito rapidamente.

— Cece?

— Não tem a chave? — berrei para a porta fechada.

Chelsea abriu a porta e olhou em volta. Não me viu no sofá da sala. No quarto, recolheu os meus sapatos e os guardou no armário.

— Onde está você?

— Sala.

Ela entrou e colocou a mão no quadril, um cigarro já fumegando entre os dedos.

— Nós a colocamos na cama. Você é sonâmbula?

— Vim para cá de manhã, para pensar.

— Entre a minha ressaca e a falta de sono, não há lugar para pensar.

— Cadê a minha mãe? — perguntei.

— Voltou para casa.

— Quando?

— Hoje de manhã. Ficou comigo ontem à noite — informou. — Preparo um bule de café?

— O meu pai telefonou... — Eu parei.

— O velho detesta o fato de sua mãe e eu termos nos tornado íntimas com o passar dos anos. O que ele disse? — indagou da cozinha.

— Ah, nada. Ligou por causa do pedido dos Mendoza.

Chelsea cantarolou e se movimentou pela cozinha do mesmo modo que mamãe tinha feito no dia anterior, e concluí que admirava as duas por se sentirem à vontade consigo mesmas.

— Steve ligou para a Basswinder e perguntou quanto a gente perderia se não houvesse casamento.

— Ele telefonou para dizer isso?

— Não. Não devem ter entendido para onde deviam ligar, pois deixaram a resposta na minha secretária — gritei, para ela poder me ouvir.

— Quando foi isso? — quis saber ela, precipitando-se com a bandeja de café, que quase caiu.

— Acho que foi ontem.

— Por que não nos contou isso ontem à noite?

— Não queria estragar a nossa comemoração.

Ela me beijou na testa e suspirou.

— Você tem que ser tão estóica? Eu gostaria que não fosse como sua mãe em relação a isso. Seu pai gritaria, andaria de um lado para o outro e, certamente, arremessaria algumas coisas. Nos negócios, você é igualzinha a ele, mas na vida pessoal você se fecha, como Jane. É espantoso como os genes se dividem.

Ela voltou para a cozinha e saiu de lá com alguns pães e manteiga.

— Quem desembolsou o dinheiro do depósito? — perguntou.

— O quê?

— Quem pagou o depósito?

Sorri.

— Foi ele.

— Café?

— Você sabe que estamos com problemas de impostos, por causa da nova lei de encargos. Estou segurando todo o meu capital de giro até as deduções serem divulgadas em janeiro.

— O universo tem um plano — comentou ela, e colocou os pés sobre a mesinha de centro. — Talvez você não queira telefonar para ele antes que ele lhe telefone.

— Isso não é uma corrida. — Eu me senti exasperada.

— Você checou nos livros? — indagou.

— Que livros?

— De etiqueta, meu bem, de etiqueta.

— Para quê? — eu quis saber.

— Talvez aquele que termina o noivado deva arcar com os prejuízos ou algo assim.

— Eu acordei solteira na minha cama de casal. Foi tudo o que consegui.

— Isso está parecendo uma música brega. — Ela deu um sorriso.

— E acho que é.

— Você deve estar mesmo muito deprimida.

— Talvez você consiga me animar cantando *Todos os Meus Ex Vivem no Texas.*

Chelsea e eu continuávamos no sofá, tentando imaginar quem era financeiramente responsável por terminar um noivado, quando Emily tocou a campainha. Eu tinha esquecido completamente o nosso encontro para almoçar. Eu a esperei no alto da escada, vestida com o pijama de Steve pelo segundo dia consecutivo.

— Você está doente? — surpreendeu-se ela.

— Depende do ponto de vista. — Dei-lhe um abraço demorado.

— Você está cheirando a cigarro — comentou, seguindo pelo corredor.

O apartamento estava uma bagunça, eu estava de pijama, minhas roupas da noite anterior continuavam no chão e o café, frio, sobre a mesa. Emily me olhou e suspirou:

— Não vejo você deixar roupa largada desde que quase foi indiciada por lavar dinheiro para aquela família italiana, e nunca vi você de pijama depois das nove da manhã. O que diabos está acontecendo?

— Estamos fazendo uma pesquisa — informou Chelsea. — Devo encomendar o almoço?

— Por favor — pedi.

Chelsea levantou-se e conduziu Emily até o sofá.

— O seu trabalho é mantê-la rindo.

— Cigarro? — perguntei.

— Você não fuma! O que está havendo?

— Você está com boa aparência e bronzeada. Como foi o México? — perguntei.

— Fizemos sexo, tivemos disenteria e tomamos água mineral. — Ela baixou os olhos para os grandes livros no chão. — O que vocês estão procurando exatamente no *Novo Livro de Eventos e Etiqueta*?

— A cláusula de cancelamento. — Tentei sorrir.

Emily parecia mais velha. Como se estivesse casada há anos, e não apenas há instantes. Falamos sobre a fuga de Zoe para se casar apenas o suficiente para não parecer que estávamos comentando pelas suas costas. Nenhuma de nós duas tivera notícias dela desde domingo, mas havíamos lido a coluna de fofocas do *Daily*.

Quando finalmente contei a Emily que tinha certeza de que Steve e eu tínhamos terminado o noivado, ela tinha algumas perguntas a fazer:

— Em primeiro lugar, o que Steve fez para você querer passar o resto da vida com ele?

— Eu achei que ele poderia me ajudar a me tornar uma outra pessoa. Sabe, aquela mulher caseira com unhas pintadas e uma empregada. E quanto a você?

— Mitchell construiu uma pequena rede de proteção para todas as minhas inseguranças.

— Está confiando nele para que a sustente?

— Emocionalmente.

— Você se sentia ótima antes.

— Sempre me senti ótima e sempre me sentirei, mas me sinto melhor com ele — sorriu.

Recordando as mulheres rebeldes e argumentadoras que fomos nos salões de palestras da faculdade, pareceu-me estranho ouvi-la admitir que gostava do apoio emocional dele.

— Não conto com ele, economicamente — prosseguiu Emily. — Esse nunca foi o nosso acordo. Não sou como Zoe quanto a isso. Às vezes, desejaria ser.

— Refere-se a conseguir um paizão?

Emily confirmou com a cabeça. Pensei no meu compromisso da semana seguinte, quando me encontraria com Sid Niceman. Por ele, infringiria minha regra de não namorar parceiros de negócios; seria feliz durante meses, até perceber que, para Sid, eu era mais como uma mulher manteúda e que era ele quem tinha controle sobre tudo o que fazíamos.

— Eu nunca conseguiria me casar com um paizão — afirmei.

— Eu sei, mas você, eu, Zoe... nós não tivemos o tipo de pai que dava generosamente a sua aprovação. Creio que é correto afirmar que desejamos alguém para preencher essa lacuna.

— Por que preciso me torturar para agradar um parceiro, se não consigo nem mesmo agradar os meus pais? Acho que a última coisa que eu ia querer era um sujeito como o meu pai... ele é um sacana tão rabugento... mas, pelo menos, o meu pai é autêntico. Steve é perfeito, todas as mulheres do mundo são loucas por ele, mas eu não. Isso é bom?

— Se você se sente à vontade em dizer isso. Eu olho para Mitchell e me sinto à vontade. Ele não sente o estômago se revolver, e eu sei que a interação social é uma verdadeira tensão entre os nossos amigos — ela levantou uma sobrancelha e baixou o queixo para dar ênfase — *mas* ele me dá algo de que sinto falta desde a infância.

— Do que é que você sentia falta?

— Da sensação de ser aceita. De que alguém me ama como sou. — Suas pálpebras estavam ficando cor-de-rosa. — Você sabe que, no meu casamento, minha mãe me repreendeu pelo modo como as mesas estavam arrumadas? Ela teve a audácia de fazer um comentário sarcástico enquanto eu colocava o vestido. Isso deflagrou uma guerra. Minhas irmãs partiram para cima dela.

— Foi por isso que se atrasou tanto? — sugeri.

— Tivemos que esperar todo mundo parar de chorar.

— E a tiara?

— Vamos poder tomar vinho no nosso almoço? — ela quis saber.

— Quantas garrafas você quiser — garanti, indo até a cozinha, onde coloquei duas garrafas de vinho branco no gelo. Abri a primeira cedo demais, mas brindamos a "nada".

— Bem, agora me fale sobre a tiara — pressionei.

— Mamãe a herdou da tia da minha avó. Era um daqueles bens de herança de família das verdadeiras beldades sulistas, e não de judeus nova-iorquinos. Minha mãe achou que ficaria perfeita com aquele vestido. Mas eu queria tudo bem simples.

— Ela não abria mão da tiara — prosseguiu. — Veio com um papo sobre herança e como foi difícil para os primeiros judeus que se instalaram no sul. Me enfiou pela garganta toda a culpa que conseguiu evocar. Era como se soubesse que nunca mais teria outra chance de ter tanto poder sobre mim.

— Mais vinho? — ofereci, me sentindo mal por ter achado a tiara de mau gosto.

— Muito mais. — Suspirou fundo.

Chelsea subiu a escada com dois enormes sacos e sacudiu a cabeça:

— Emily, seu trabalho era animá-la!

— E animei. Cece não parece mais animada por *não* ter que se casar?

Depois que nós três almoçamos, acompanhei Emily até o térreo.

— Emily?

— Sim.

— Não creio que fui uma boa amiga durante o seu noivado — eu disse.

— Por quê?

— Não reservei um tempo para *ouvir* você.

— O que quer dizer com isso? — perguntou.

— Eu queria alguém diferente para você. Expressei minha opinião para todo mundo, menos para você. Não há nada que a gente queira mais do que as nossas amigas serem tão amadas quanto nós as amamos. Mitchell faz isso realmente. Peço desculpas por duvidar da sua decisão — falei, baixando os olhos para as minhas unhas sem trato. Elas pareciam infantilmente curtas.

— Às vezes, me sinto só por causa da minha escolha. Zoe não será mais uma amiga confiável. Eu me alegro por saber que você quer estar presente quando eu precisar.

Nós nos abraçamos demoradamente na porta. Quando ela dobrou a esquina e acenou, pensei comigo mesma que nos tornamos adultos no momento em que somos capazes de respeitar um ao outro falando a verdade.

Chelsea veio ao meu encontro na porta do nosso escritório para que eu não pudesse bater em retirada subindo rapidamente a escada.

— Steve telefonou. Quer se encontrar hoje com você.

Meu corpo se retesou.

— Ele telefonou para marcar um encontro? — Meus pés esfriaram e os dedos perderam o tato nas pontas. — Que mais ele disse?

— Perguntou se quatro e meia era uma boa hora. — Chelsea pronunciou cada palavra como se tentasse enfiar uma linha em uma agulha com os lábios.

— Que horas são?

— Duas.

— Diga para ele vir às quatro.

— Tem certeza? — perguntou.

— Quanto mais eu esperar, mais duvidarei de mim mesma. Esse é um homem que quero fora da minha vida o mais depressa possível.

Fui para o telhado do nosso prédio e atravessei o piche quente e pegajoso com os pés descalços. Fitei a ponte do Brooklyn e praguejei para caminhões que gemiam e para as ruas movimentadas do Mercado de Peixe da Fulton. Gritei para o vento e tentei esgotar a raiva do meu corpo. Se Steve e eu íamos nos encontrar, precisava estar com o meu gênio sob controle, para que ele não pudesse usá-lo contra mim.

Toquei música em volume alto e arrumei vigorosamente o apartamento, desprendendo mais energia nervosa. O que quer que acontecesse nas poucas horas seguintes levaria a um inevitável colapso. Preparei-me para a tempestade protegendo a minha vida, jogando fora vidros velhos de pílulas para dormir e analgésicos. A possibilidade de uma bebedeira era forte. Tudo o que aumentasse o risco de autodestruição precisava ser descartado e quando, finalmente, desci para o escritório, estava calma e concentrada.

Comecei a pesquisar para os encontros que teria na semana seguinte. Submersa em uma pilha de livros e anotações, ainda percebia o movimento e o ruído do tráfego, quando a porta se abriu. Chelsea apertou o botão do interfone.

— Cece?

— Sim, Chelsea?

— Steve chegou.

— Há outro advogado com ele?

— Não.

— O que está fazendo, neste momento?

— Folheando o enorme livro sobre peixes que utilizamos com os novos clientes.

— O que disse para ele?

— Que você estava ao telefone, falando com Zanzibar, tentando conseguir uns zanglos.

— Chelsea, isso é peixe para aquários.

— Eu o estava testando. Ele foi reprovado. Quase dois anos com você, e não sabe a diferença entre um peixe de aquário e algo que se pode comer.

— O que ele está fazendo agora?

— Vindo na minha direção, pois estamos falando pelo telefone e ele acha que você terminou com Zanzibar.

— Diga para ele que estou na outra linha.

Imaginei Chelsea levantando a mão para impedir Steve de entrar na minha sala, mas ele passou direto pelas suas unhas verdes com um quê de amarelo e abriu a porta.

— ...Sim, sim, claro, vou providenciar o pedido e veremos o que eu posso fazer com relação ao transporte, para que não descamem...

Com o ouvido colado fortemente ao fone, fiz um gesto para que ele se sentasse.

— ...Entendo, eu volto a ligar para informar o preço se mandarmos pelo expresso... claro. Terei uma resposta às cinco.

— Olá — cumprimentei, desligando o telefone.

— Dia movimentado? — comentou, sem esperar uma resposta. — Já almoçou?

— Já.

— Eu ainda não. Peço algo para comer?

— Você quer conversar? — perguntei.

— Que tal um *almoço tardio*? — Ele afrouxou a gravata. — Você parece um pouco nervosa... Posso pular o almoço e levá-la lá para cima?

A idéia de estar perto dele não me acalentava mais. Não queria nada que tivesse a ver com a lembrança dos nossos demorados almoços, banhos de chuveiro à tarde ou fazer café nus. Certa vez, fiz um cartaz que dizia RESERVADO e o coloquei no meio da cama. Steve enfiou uma nota de cinqüenta dólares para eu deixá-lo passar da porta. Só recentemente me dei conta de quantas brincadeiras fazíamos para seduzir um ao outro; sermos nós mesmos não era o bastante.

— Eu almocei com Emily.

— Você parece estressada — observou.

— São as donzelas azuis-amarelas — falei.

— Os ambientalistas andam dando em cima de você novamente?

— Não, donzelas são peixes de viveiro. Têm a cor do lilás, só que com uma primorosa cauda amarela. Podem ser embarcados para todo o mundo e mantidos em tanques, desde que viajem em grupos de nove ou doze.

— Consiga uma empresa de transporte maior — bocejou, e eu o desprezei por nunca perceber a ternura do meu mundo e por jamais entender que eu amava os meus peixes.

— O macho e a fêmea mal se toleram. Se eu deixar esses peixes sozinhos, eles se enfrentarão e destruirão uns aos outros, até se tornarem apenas frangalhos de escamas e barbatanas.

— Isso é uma charada? Diga, Catherine, pois não entendi.

— Quem sabe nunca soubemos o que havia de errado até ficarmos noivos.

— O que há de errado agora?

— Somos transitórios, como a época da desova.

— Quer parar de nos comparar com peixes? Fale logicamente... não consigo entender uma palavra do que está dizendo.

— Falando logicamente, há três dias você não me telefona — cobrei.

— Eu vim até aqui na esperança de que você tivesse esfriado um pouco. Passei três dias sem ligar porque queria que você recobrasse o juízo. — Steve baixou a vista para a gravata e deslizou o nó até o pescoço. — Eu quis vir até aqui e estar apaixonado por você.

— Mas não está. Está?

— Você está?

— Steve, você não sabe nada sobre mim. Se soubesse, saberia que esses três dias de silêncio significam guerra, e não uma justificativa.

— Às vezes, me pergunto por que você não seguiu a carreira militar.

— Só passaram a aceitar mulheres no combate depois que eu já tinha passado da idade.

— Você mal se aproxima do que eu considero uma mulher. Está muito mais para homem. Fala ao telefone com clientes, mergulha em livros e até usa paletó.

— Você quer alguém que cuide da sua roupa suja e seja gentil com os seus clientes. Você quer uma dondoca, e não uma mulher. — Após dois anos juntos, Steve não era capaz de perceber um pingo da minha insegurança.

— Você sente falta de mim quando se deita para dormir? Você sabe que eu costumava fantasiar sobre fazermos amor em nossa lua-de-mel — disse ele.

— O que aconteceu quando viemos para casa? — perguntei.

— Não sei.

— Quanto mais você se aproxima dessa parte da fantasia, menos você me quer em sua vida — falei, consciente.

— Se você deixasse de armar um barraco por qualquer coisa, ainda poderia me ter.

— Eu dei duro para conseguir esse barraco. Dei duro em cada...

— ...em cada dia do verão, fedendo a peixe, e crescendo com os rapazes das docas zombando de você o dia todo. Você nunca teve moleza; sempre conseguiu as coisas pelo modo mais *difícil*. Eu conheço essa história de cor — afirmou, apoiando-se na beira da minha escrivaninha.

— Pelo jeito especial com que você acaba de narrar essa vida, parece óbvio que não ama essa mulher; infelizmente, *essa* sou eu. — Dei um profundo, lento e demorado suspiro. — Há mais alguma coisa que você queira falar? — indaguei.

— Quer saber por que não vou me casar com você?

— Não.

— Você precisa saber.

Por que todo homem se convence de que quero ouvi-lo, mesmo quando eu digo *não*?

— Você fez isso a si mesma. Detesto o modo como tenta controlar a nossa vida. Em cada corrida que damos, sou repreendido pois não devia ter dado uma arrancada no final. É incapaz de ir além da rua Quatorze sem fazer comentários sarcásticos a respeito de alguém com mais dinheiro do que você. Cada amigo meu que mora no Upper East Side é alvo do seu esnobismo pobretão. Você está tão envolvida na batalha para controlar os negócios do seu pai, que despreza cada mulher que usa batom no trabalho e mostra as pernas. Sem falar que, se eu deixá-la sozinha em uma festa, você conta a história da sua vida para todo mundo.

Permaneci sentada imóvel, desviando mentalmente os seus socos verbais. Ao mesmo tempo, o suor escorria pelas minhas costas. Os motivos dele eram exagerados, mas eram em parte verdade, e essa parte era a que doía. Eu me mostrara a Steve como o tipo de mulher que pensava que poderia ser, mas percebi que não havia sido honesta comigo mesma — ou com ele.

— Na primeira vez em que se encontrou com a minha família, você não parou de tagarelar sobre peixes. Ninguém liga tanto assim para peixes, a não ser você e alguns panacas italianos que ameaçam as pessoas na Prefeitura.

Eu mal reconhecia o Steve que andava de um lado para o outro da minha pequena sala.

— Qualquer pequeno pedido que eu faça, como olhar as vitrines da avenida Madison, é um ataque à sua idolatria pela batalha da vida. Sua família ganha mais dinheiro por baixo dos panos, com sonegação de impostos, do que eu faturo num ano inteiro. Você não pode sair por aí odiando todo mundo que nasceu rico; é como odiar uma mulher porque ela é bonita.

— Creio que já terminou — sugeri.

— Não terminei!

— Não quero ouvir mais nada — falei, o mais tranqüilamente possível.

— Perfeito, você nem mesmo me escuta — queixou-se.

— Não, Steve, estou escutando-o agora. E também o escutei quatro dias atrás, quando olhou nos meus olhos e disse que me amava.

— Posso amá-la para sempre — disse ele — mas acho que não gosto de você. — Ele não se continha. — É tão orgulhosa assim para me deixar sair por essa porta? — berrou.

— Sou orgulhosa, mas você nunca deu um passo a mais para me encontrar no meio do caminho. Você gosta de dar o fora um pouco antes de eu desabar. Acho que você nem sabe que fico transtornada... e eu também choro. Você é tão orgulhoso que dá o fora antes de precisar conciliar.

— Eu passei o dia todo no tribunal conciliando.

— Caia na real! Você consegue fazer todo o seu trabalho sujo a portas fechadas. Nunca conciliou na vida real, apenas no papel.

— Devo jogar coisas e quebrar janelas?

— Talvez! Talvez, em algum momento entre janelas quebradas e dar o fora, a gente pudesse ter encontrado um meio-termo.

— Eu sempre quis uma mulher inteligente atrás de mim, e achei que você fosse ela — lamentou-se.

— Eu sempre quis alguém a meu *lado* — berrei.

— Vai querer agora jogar essa bobagem feminista para cima de mim?

Ele queria uma mulher com opiniões, desde que de acordo com as dele. Havia mulheres assim. Nenhuma delas era amiga minha, mas eu sabia que existiam.

— Steve, você vai precisar de três mulheres para fazer o que tenho feito por você. Primeiro, arranjar uma criada para fazer a sua limpeza, depois uma secretária particular para fazer o controle de suas milhagens de vôo, e finalmente uma prostituta que fique calada enquanto você a xinga. Agora, dê o fora do meu escritório — acrescentei, como o *grand finale*.

— Se você tivesse freqüentado uma escola tradicional, em vez daqueles lugares expressionistas malucos, saberia... — deteve-se.

A minha voz começou com um leve tremor e se transformou em fúria.

— Eu saberia o quê? — perguntei. — Se eu tivesse freqüentado uma daquelas escolas para moças do Upper East Side, certo? É isso que quer dizer? O que eu saberia, se tivesse freqüentado uma delas?

Eu havia começado a bater ruidosamente na escrivaninha com a mão. O espeto para recados, que havia sido presente de meu pai e combinava com a placa com o meu nome, quicou na minha direção sem que nenhum de nós se desse conta. Ao golpear a escrivaninha, o espeto de mensagens furou a palma da minha mão logo abaixo do anel de noivado. A ressonância do meu grito fez marola na água do tanque de peixes do escritório. Chelsea trouxe o estojo de primeiros socorros e retirou o espeto da membrana entre as articulações dos meus dedos. O sangue empapou o mata-borrão. Ela me serviu uma dose dupla de Drambuie e enrolou a minha mão. Steve tinha ido até o outro lado da rua pegar um balde com gelo e não voltou mais.

Vomitei duas vezes nas minhas roupas — uma pelo choque e a outra por causa da dor lancinante quando tentei retirar o anel de noivado antes que a mão inteira inchasse. Chelsea me arrastou ao andar de cima para tirar as roupas. Eu a convenci de que estava bem e ela foi limpar o escritório antes que o sangue manchasse o tapete. Quando meus pais chegaram para me levar ao hospital, eu estava sentada no chão da cozinha, só com as roupas de baixo, remexendo na lata de lixo à procura dos analgésicos que eu havia jogado fora naquela tarde, poucas horas antes.

8

Tudo em Família

Quando abri os olhos, estava em meu apartamento e o sol brilhava por trás da persiana. Pude ouvir meu pai falando com Susan. Finalmente ela havia chegado da Costa Oeste e agora estava sentada em minha cozinha. Uma enorme luva de gaze em minha mão parecia uma pata de camelo; os dedos haviam sido separados e atados uns aos outros em dois grupos. A atadura formava um V que expunha o anel de noivado e a membrana amarelo-roxa entre os dedos. O saco de gelo que havia derretido em minha cama dava a sensação de uma água-viva morna contra a minha coxa. Notei que minha mãe havia dormido a meu lado porque os lençóis cheiravam a sabonete de lilases.

A voz de Susan tinha as mesmas flutuações desde a puberdade. Se eu não soubesse que estávamos nos aproximando dos trinta anos, diria que continuava uma adolescente. Ela falava com uma esquisita mistura de gíria pubescente e vocabulário de gangue hispânica adquirido por dar aulas no curso elementar em guetos da Califórnia. Meu pai certamente estava muito confuso, mas jamais a interromperia para perguntar o que significavam exatamente *vato* ou *homey*.

— É, eu cuido dos meus pequenos *vatos*. Eles são mesmo uns garotos de rua que vivem de cabelos molhados, mas, na minha sala de aula...

Minha mente se encheu de listas e coisas que precisava fazer. Estava pensando na gravata que Steve havia deixado na minha lavanderia a seco, quando Susan veio me inspecionar.

— Acordada?

— Infelizmente.

Ela ajoelhou-se a meu lado e passou os braços em meus ombros. Eu a abracei com minha mão boa e a luva de gaze. Ela cochichou no meu ouvido que eu era uma mulher incrível, listou os meus feitos, minhas qualidades especiais e disse que me amava do jeito que eu era. Minha mão latejou. Estava com fome, enjoada, com medo e aliviada.

— Está tudo bem comigo — falei.

— Ele era um babaca — ela disse.

— O que meu pai lhe contou?

Ela revirou os olhos.

— Não acho que ele me entenda. Na verdade, sua mãe e Chelsea me contaram toda a história, ou a versão *delas* da história. Era sobre isso que você queria conversar antes de eu deixar a Califórnia e vir para o leste?

— Acho que sim, mas não sabia, na ocasião.

— Por que não ligou para mim na Pensilvânia? Fiquei tão entediada lá. Todo mundo corria para lá e para cá como galinhas, se estressando e dizendo para eu relaxar.

— Você coube no vestido? — perguntei.

A família de Susan vinha usando o mesmo vestido de noiva desde o início de 1900. Ele era de um refinado artesanato, com cem botões nas costas recobertos de seda. Fora feito originalmente para sua bisavó, uma mulher miúda e magra. Susan era pequena, mas gostava de tortilhas, molhos e algumas cervejas no jantar.

— Os Vigilantes do Peso estão me ajustando a essa tradição; vamos torcer para que eu consiga mantê-la.

— Só falta uma semana.

— É fácil para você, corredora de maratona. Estamos armazenando montes de comida em nossa casa, para os convidados e o churrasco para o jantar de ensaio.

— Por falar em churrasco, talvez eu não esteja a fim de ir à festa de noivado neste fim de semana.

— Eu entendo... tenho certeza de que Jeannine e Enrique também entenderão.

Puxei um travesseiro para cima de minha cabeça.

— *Por que* você não me telefonou? — insistiu.

— Não sei. Eu só queria entender o que aconteceu.

— Quem deu o fora em quem? — perguntou.

— Foi recíproco. Estou confusa sobre quem deve arcar com todos os aspectos financeiros do cancelamento. Vou me sentir mal em relação à secretária de Steve, pois ele deixará que ela faça todo o trabalho, mas talvez ela acabe ficando com este anel de noivado. — Levantei a mão.

— Se conseguir tirá-lo — riu.

— Gostaria que o tivessem cortado. Não me lembro de nada que aconteceu ontem. Comecei a beber na garrafa desde o momento em que o espeto furou a palma da minha mão.

— O que ele disse que a deixou tão zangada? Chelsea contou que você estava batendo na escrivaninha e gritando para ele ir embora.

— Quais foram os motivos *dele* para cancelar tudo?

— Sim, quais foram?

— O meu barraco.

— O quê?

— Eis a lista: o jeito como sacaneio as pessoas que vivem no Upper East Side, eu o repreendo quando dá uma arrancada no final de sua corrida, ele não gosta que eu fale abertamente nas festas e acha que sou chata porque falo demais em peixes.

— Jura? Ele disse essas coisas?

— Juro.

— O que ele fez, quando você se machucou?

— Disse para Chelsea que ia buscar gelo e deu o fora — suspirei.

— Achava que pelo menos uma de nós devia se casar com um cara rico, para que a gente pudesse se divertir, mas ele era uma verdadeira piada! Você vai ficar com o anel?

— O que devo fazer com isso? Ele tem uma maldição.

— Aposto como cabe em mim — sorriu.

— Devo dar a você como presente de casamento?

— Isso daria para pagar uma van nova para eu circular pelo meu subúrbio californiano.

— Creio que não — duvidei, tentando me sentar.

Ela me olhou intrigada.

— Você estava tão dopada que não sabe por que eles não o cortaram fora ontem à noite?

— Do que está falando?

— Sua mãe me disse que queriam cortá-lo, no hospital, mas não queriam assumir a responsabilidade de ter que pagar por ele, se alguma coisa saísse errada. Isso aí vale vinte e sete mil dólares.

Olhei para o intenso brilho do anel e senti o estômago revirar.

— *O quê?*

— A mãe de Steve mencionou o preço do anel, no chá de panela. Quando você deu a louca e passou a lavar toda aquela louça, a mãe dele disse algo como "Cece devia ter um pouco mais de cuidado ao usar um anel de *27 mil dólares*". Sua mãe ficou estarrecida.

Lembrei-me de quantas vezes havia deixado o anel na minha sacola de ginástica ou do lado da pia. Como a maioria das noivas, no início eu o comparava com outros anéis, adorando o brilho, o engaste e a aparência reluzente. Meu anel era grande, mas nunca levara a sério as piadas sobre a "pedra". Encantada com o fato de possuir um anel, eu o olhava durante os primeiros meses, mas acabei me acostumando a tê-lo na mão.

Susan segurou a minha mão boa.

— É demais agora, hein?

— Talvez — disse eu.

— Quer café?

— E um copo de água.

— Claro — ela se levantou.

— Ei, e a sua amiga, a professora Tanya?

— Sua mãe está mostrando a área do porto para ela e comprando algumas coisas para o almoço. Depois, vamos a Times Square e dar uma caminhar pelo parque.

— Lamento não poder bancar a cicerone.

— Sua mãe está fazendo um excelente trabalho. Além do mais, Tanya disse que sua situação poderia ser pior.

— Como?

— Pelo menos você não descobriu que era um erro depois do casamento. Ela tem dois filhos e um ex-marido que vive atrasando a pensão das crianças.

— Verdade, só fiquei com um vestido encalhado.

— E talvez um anel. Se quiser se livrar do vestido, sempre poderá botar um anúncio no jornal. Precisa-se: Mulher branca solteira para casamento. Sem despesas, sem garantias. Bufê de ostras frescas. Entrar em contato no dia cinco de setembro com a confraria dos babacas na Scudder, Scudder, Skipowitz e *sei-lá-mais-o-quê.*

— O problema é que algumas mulheres podem telefonar — argumentei.

— Com aquela secretária? Ele jamais receberá os recados. — Ela deu uma piscadela e fechou a porta do quarto atrás de si.

Minha mãe recolheu o fichário do casamento, alguns livros e anotações em minha escrivaninha e fez um pequeno pacote. Gravei um recado na minha secretária informando que quem quisesse falar comigo podia ligar para a casa dos meus pais e, quem quisesse falar com Steve, devia ligar para o apartamento dele. Senti uma leve emoção ao fornecer o número dele, que não constava no catálogo. Planejei passar os dias seguintes tomando analgésicos e bebendo à beira da piscina. Voltaria a consultar o médico na segunda-feira seguinte para um exame, a fim de verificar se tinha havido algum dano permanente em meus tendões e nervos.

Ficar no banco traseiro de um carro com os meus pais me encheu de uma sensação de derrota perante a vida. Após vomitar na estrada, mudei para a frente, ao lado de papai. Ele observava tão intensamente minha mãe pelo retrovisor, que mal se deu conta quando voltei a vomitar pela janela. Ninguém, além de Susan, ousara perguntar o motivo exato pelo qual finalmente terminamos o noivado. Como eu supunha que o ouvido de Chelsea ficara colado à parede, de qualquer modo eles estavam sabendo de tudo.

Já havia recados quando chegamos em casa. Larguei o suéter no chão, como uma adolescente, e me sentei do lado de fora, no terraço, para ver o pôr-do-sol.

Dava-me uma sensação de segurança estar na casa dos meus pais, ouvir o marulhar do Hudson. Meus pais moravam numa tradicional casa de viúva. Algumas décadas atrás, minha mãe teria esperado meu pai retornar do mar para casa, olhando pela imensa janela com sacada à procura de sua embarcação. Fiquei imaginando se eles observavam a água perguntando-se quem ficaria sozinho primeiro.

Se eu tivesse crescido naquela casa, teria sido uma criança mimada, com grossos relógios de metal e pérolas foscas. Em vez disso, meus objetivos foram centrados em dinheiro, como se ser bem-sucedida nos negócios pudesse aliviar as emoções que senti na infância. Às vezes eu beirava o detestável; minhas opiniões brotavam como as de um fanático falastrão em um bar. Ironicamente, os homens adoravam ficar perto de mim quando estávamos em grupo; eu era sempre mais interessante do que as garotas bem vestidas das festas de *uptown*. Contudo, quando me encontrava sozinha com um homem, ele rapidamente se cansava da minha natureza dominadora. Dei uma grande quantidade de crédito a Steve por ser o mais duradouro.

Não pedi uma bebida, mas meu pai me trouxe um de seus coquetéis Old-Fashioned. Ele estava com o celular no bolso.

— Vai precisar disto — disse, colocando o telefone sobre a mesa entre nós. — Como está a mão?

— Foi apenas um corte feito por papel — afirmei.

— Às vezes gostaria que você fosse homem. — Ele afastou dos olhos os cabelos secos e brancos e em seguida esfregou várias vezes as palmas das mãos nos joelhos. — Não sei o que dizer.

— Se eu fosse homem, saberia o que dizer? — indaguei.

— Se você fosse homem, não esperaria que eu *dissesse* coisa alguma. Apenas ficaríamos sentados aqui, em silêncio, e isso talvez fosse o bastante.

— Por que acha que não é o bastante para mim?

— Quem criou você assim tão durona? — perguntou.

— Você quer conversar? — quis saber.

— Nós já conversamos, quando liguei na outra noite — disse ele.

— Você estava bêbado.

— Vamos observar o sol se pôr. Durante o fim de semana, quero que tome conhecimento de um novo projeto no qual estou trabalhando. Temos um encontro marcado na segunda-feira, e preciso que você esteja pronta. — Deu um demorado gole na sua bebida.

— Já comecei a fazer anotações para Sid Niceman e sua turma — informei.

— Trata-se de outra coisa, e acredito que vai se divertir mais com ela.

— O que é? — perguntei.

Ele sorriu.

— Pensei que não quisesse conversar.

— Não quero conversar sobre meu ex-noivo, meu caríssimo vestido de noiva, minha lua-de-mel ou minha incapacidade de manter um relacionamento. Sobre negócios, sempre posso conversar.

— Eu fiz isso com você?

— Não, papai, e sim. Não sou uma mulher para qualquer homem, mas não posso continuar culpando você e mamãe. Você me ensinou tudo o que sabia sobre a vida e tudo o que sabia sobre peixes. Mamãe me ensinou o que quer que ela soubesse sobre ser mulher, o que não foi tanto quanto eu desejaria, mas cuidou para que eu soubesse como ser independente. Isso não torna ninguém responsável pelos meus erros.

— Por que você o amava, Cece?

— Porque ele não era nada parecido com você — gargalhei.

— Você me deixa confuso. Por que não deu certo?

Dei um leve tapinha no seu joelho e disse:

— Porque ele não era minimamente parecido com você.

Se houve um momento em que percebi que os meus pais envelheciam, foi diante da reação de papai. O sentimentalismo vem com a idade e quando vi a borda dos seus pálidos olhos cinzentos marejar, aceitei sua proximidade do paraíso. Fiquei contente por não ter perdido a oportunidade de dizer a ele que o amava, à minha maneira.

Minha mãe saiu de casa para se juntar a nós. Enfiou um saco de plástico na minha mão ferida e mandou que meu pai a mantivesse submersa no balde com gelo que colocou entre nós. Puxou uma cadeira e sentou-se à minha direita. A fumaça de seus cigarros mantivera os mosquitos afastados. Assim que o sol se pôs, a casa ficou às escuras. Chupamos as laranjas envoltas em açúcar dos nossos drinques e ouvimos o telefone tocar.

Retornei alguns telefonemas no sábado e calmamente anunciei o término do meu noivado para as amigas mais íntimas. O ferimento na mão foi o elemento cômico que usei, ao final da história, para dar à totalidade da discussão um toque de pastelão. Isso ajudou as pessoas a acreditarem que eu sobreviveria. Minha mãe preparou meus pratos de peixe favoritos, passei o dia todo comendo e fiquei acordada até tarde vendo televisão, tomando sorvete com cobertura de calda de menta.

A manhã de domingo foi lenta e atordoante, repleta com a leitura dos jornais e a discussão sobre os detalhes do cancelamento do casamento. Minha mãe iniciou uma lista de assuntos que precisavam ser tratados. Eu admirava sua caligrafia perfeita, todos os vestígios de individualidade retirados pelas reguadas de uma freira nos nós de seus dedos. Ela escreveu: *vestido, sapatos, baile de casamento, convites, roupas das damas-de-honra, flores, presentes do chá de panela, cartório, objetos com monograma* — e, finalmente, sublinhado três vezes, *anel de noivado*. Depois que a louça do café da manhã foi retirada, ambos se sentaram diante de mim.

Minha mãe perguntou:

— Você vai mudar de idéia, se por acaso ele mudar?

— É tarde demais — assegurei.

Ela suspirou e meu pai assentiu. Ambos balançaram as cabeças por um momento, digerindo meus sentimentos e toda a situação. Antes de fazerem mais perguntas, meu pai fechou os olhos, reclinou-se na cadeira e cruzou os braços sobre a barriga. Minha mãe levantou-se e beijou a testa dele. Cochichou algo tranqüilizador em seu ouvido, que não escutei, e pousou as mãos sobre os ombros dele; em seguida deu uma olhadela na minha direção e sorriu com os lábios cerrados. A mesa estava coberta com os jornais locais de domingo e o *New York Times*. Meu pai inclinou-se para adiante e deslizou a mão por baixo do suplemento dominical. Ao empurrar para longe a brilhosa revista, vi reproduções de fotos preto-e-branco granuladas sob a palma e os dedos de sua mão. A última página do *Sunday Times* listava assuntos de interesse social; tratava-se de um sinal de status e interesse cultural se o seu noivado ou casamento fosse registrado. Na faculdade, era a única coisa que atraía a atenção do bando de garotas no refeitório; era a página de esportes das mulheres solteiras.

Meu pai fitou a página.

Minha mãe deu um tapinha no seu ombro.

— Prossiga — disse ela.

Quando voltei a olhar, talvez tenha sido um estranho momento para William e Jane Lacey. A única filha deles, herdeira dos negócios da família, estava sentada ali, medicada, de ressaca e ferida, na primeira sala de jantar formal com baixela de prata completa que eles tiveram. No dedo dela havia um anel de noivado digno de seu afeto, mas inchado em sua mão como uma letra escarlate. Os

Lacey não mais faziam parte da oprimida classe operária sem futuro; tinham uma garagem para dois carros num belo pedaço de terra ribeirinha, embora ficasse um pouco rio acima. Catherine Lacey estava abandonando uma união que continuaria a enobrecê-los. Naquele momento, o que amei nos meus pais foi saber que eles não davam a mínima.

Quando meu pai deslizou o jornal na minha direção, só precisei olhar de relance a fotografia para saber que Steve e eu tínhamos saído na página de participações. Na foto, Steve e eu exibíamos generosos sorrisos, dentes perolados, grossos relógios e todas as roupas adequadas para um casal prestes a juntar as suas rendas. Lembrei do pedido de Steve no jornal, pousei a cabeça na mesa e comecei a chorar. Os meus pais se levantaram e vieram para o meu lado. Os braços deles se apertaram tanto em volta de mim, que sentia os seus dedos em minhas costelas, ao mesmo tempo em que procurava ar para respirar entre os soluços.

Minha mãe esfregou minha testa para remover as manchas deixadas pelas letras do jornal e me entregou dois sacos com gelo: um para os olhos e outro para a mão. O primeiro telefonema que atendemos foi o de Gail, mãe de Steve. Ficou combinado que nossos pais serviriam de mediadores para resolver as coisas o mais rápido possível.

O calígrafo havia terminado os convites e os pais de Steve usariam os envelopes já endereçados para enviar avisos personalizados de cancelamento. A Basswinder desculpou-se por não poder devolver o depósito, mas perguntaram se eu podia enviar uma amostra de atum e os preços, para futuros pedidos para menus. Os presentes do chá de panela continuavam na garagem dos pais de Steve; depois que eu fornecesse os endereços, Gail faria as convenientes devoluções (sem dúvida, acompanhadas de um bilhetinho seu). Surgiu uma pequena discussão em torno de quem reembolsaria as pessoas que tinham dado presentes com monograma. Minha mãe insistiu que, devido à despesa com o vestido de noiva e as roupas das damas de honra, não era de nossa responsabilidade a preocupação com os objetos com monograma. A loja de artigos de noivas aceitaria de volta as roupas das damas de honra, se nenhuma delas tivesse sido modificada. Meu vestido seria lavado e profissionalmente lacrado, depois que eu fosse fazer a prova final. Minhas milhagens de vôo haviam adquirido nossas passagens para a lua-de-mel, e o escritório de Steve ganhara várias diárias grátis em um dos maiores *resorts* do Caribe. Se eu trocasse a reserva da nossa lua-de-mel da terceira semana de setembro para os últimos dias de agosto, poderia tirar as minhas férias logo após o casamento de Susan. Não haveria problema em mudar as datas no *resort*, já que estava trocando o auge da temporada pela época menos desejável, a dos furacões.

A mãe de Steve ligou várias vezes mais e, finalmente, forneceu à minha mãe o endereço da filial de um banco, em Manhattan, onde eles mantinham um cofre de segurança. A mãe dele pediu que eu entregasse o anel o mais depressa possível, diante do que a minha mãe rebateu:

— Assim que Steve voltar com o gelo — e desligou.

Nossas famílias haviam desfeito os planos que tinham sido a espinha dorsal de nossas discussões com uma irritante destreza. Fiquei aliviada; parecia mais fácil enfrentar minhas colegas e amigas com a desintegração do meu noivado do que perguntar a mim mesma por que estava caminhando pela nave da igreja vestida de noiva. Eu não era a mulher que havia desejado os dispendiosos convites caligrafados ou cheirando a rosas. Não foi idéia minha reservar porcelana chinesa ou um jantar com serviço à francesa com um menu de cinco pratos. Uma noite dançante inteira nas docas, um bufê, um bar com bebidas grátis, frutos do mar grelhados e cerveja gelada fariam mais o meu gênero do que estar sóbria após cada prato da refeição. Todo mundo aceitou o fim do nosso noivado. Perder o privilégio de serem damas de honra não chateou minhas amigas; elas só queriam ter certeza de que eu não voltaria para ele. Meu pai e eu teríamos uma semana cansativa, tentando tomar pé nas coisas do escritório, mas achei que seria melhor sair de férias e romper o encanto das lembranças que estava por toda parte em meu apartamento.

Sem uma mudança de cenário, talvez eu ficasse em casa me lamentando. Uma boa folga era uma recompensa suficiente, e a empolgação com as férias me ajudaria a agüentar o casamento de Susan. No sábado seguinte, quando aconteceria a festa, eu estaria voando para o Caribe e recuperando o fôlego. Steve cuidaria de quaisquer questões ou detalhes restantes.

Eu o conhecia bem o bastante para acrediatar que ele teria dúvidas. Sozinho em seu apartamento, com jornais, embalagens de comida para viagem e meias sujas para calçar, ele se convenceria de que cometera um erro. Saber que ninguém o esperaria depois do trabalho aumentaria o seu desespero. Ele se convenceria de que sentia a minha falta, mas isso só se sentisse falta de ter tido *alguém.*

9

Um Dia de Trabalho Honesto

Meus pais me proibiram de pegar o trem de volta para Nova York, sozinha, no domingo à noite. Concordei em ficar, já que meu pai seguiria de carro, na segunda-feira de manhã, para a reunião que havíamos marcado na semana anterior mas não fizemos. Claro que isso significava que sairíamos no horário de um pescador. Às quatro da manhã, minha mãe entrou no meu quarto com o café.

— Você existe de verdade? — perguntei.

— Seu pai está contente por estar com você.

— Estou exausta.

— Ele quer aproveitar o dia todo, antes de você ter que ir ao médico.

— Não creio que tenha havido algum dano permanente — afirmei, movimentando alguns dedos.

As finas pregas em volta de sua boca e seus olhos desapareceram sob a luz azul de antes do amanhecer.

— Tem certeza de que pode fazer isso?

— O quê?

— Deixe de ser tão durona por minha causa, está bem? Eu sei que você tem colhões de aço. Você os herdou de mim. Entretanto, você também tem a minha inabilidade para deixar que qualquer um perceba quando sente dor.

— Que escolha então tenho eu, a não ser ir em frente?

Ela entregou-me o café e sentou-se na cama.

— Curta o fato de seu pai estar a seu lado; ele é tão carente de sua amizade. — Fez uma pausa.

— Obrigada, mãe. — Segurei a mão dela no escuro, puxei-a para perto de mim, e descansei a cabeça em seu ombro.

— Venha para casa sempre que quiser... você é sempre bem-vinda.

— Há algo errado? — eu quis saber.

— Prometa que não vai tentar resolver tudo sozinha.

— Vou tentar não fazer isso.

— Quer usar o meu conjunto azul listrado para ir à cidade hoje? — perguntou.

— Está tentando me dizer que não terei tempo de ir correndo lá em cima no meu apartamento para mudar de roupa, depois que papai me levar para o escritório?

— Ele tem grandes planos para você.

Eu me senti segura quando ela beijou a minha testa.

Não havia tráfego às cinco da manhã, mas meu pai dirigia a toda, como se estivéssemos atrasados. Ser criada por pescadores significa que, ao raiar da alvorada, metade do seu dia já chegou ao fim. William Lacey sempre se sentia no melhor da sua forma pela manhã; talvez todo irlandês se sinta. Por volta das quatro da tarde a maioria deles já está bêbada demais ou cansada demais para conversar. Suas mãos sardentas controlavam o volante como um capitão de rebocador. Executava levíssimos movimentos para ajustar a direção e confiava no instinto para guiá-lo contornando os buracos.

— Os Mendoza telefonaram para dizer que estava tudo excelente, mas Dominic estranhou que o padre Labrea tivesse que apanhar o camarão na igreja.

— Doação com dedução de impostos para uma obra de caridade — expliquei. — Rocco entregou o camarão na igreja, para eu poder cancelar a nota.

— Você não mandou *a conta* para os Mendoza?

— Pensei que fosse um presente — falei defensivamente.

— Não era.

— Tudo o que os Mendoza encomendaram nos últimos doze anos foi enviado como presente, por que o camarão não seria? — perguntei.

— Eles sabem que esse tipo de camarão borboleta é caríssimo.

— Deixa pra lá. — Parecia ser uma longa semana pela frente.

— Deixa pra lá — concordou brincalhão.

Aquele não era o meu pai. Os acontecimentos recentes estavam cobrando um preço mais alto dos meus pais do que eu esperava; eu tinha de enfrentar sozinha todas as formas do comportamento imprevisível deles. Ignorei-o o máximo que pude. Havia alguns objetos em meu apartamento, do chá de panela, que eu precisaria enviar para a mãe de Steve. Um fino véu de poeira se assentara no jarro e no prato para bolo de flores de Strausberg, no despertador de latão, no porta-retratos de prata de lei esmaltada de verde, nos copos de uísque de cristal Waterford e no canivete suíço em ouro 18 quilates com 29 funções.

— Você está me ouvindo?

— Não — dei de ombros, pois não estava.

— Devo continuar falando sobre o projeto de consultoria? — perguntou.

— Eu estava pensando na primeira vez em que estripei um peixe — confessei.

— Você fez isso antes que cortassem o seu cordão umbilical.

Com um anzol enfiado na boca e as guelras abertas como uma flor desabrochada, o peixe pendia da mão do meu pai. Uma fresta na cortina da janela da cozinha deixava o sol passar para brilhar em suas escamas. O cheiro de água salgada soprava pela casa. Meu pai arremessou o peixe sobre um jornal aberto e discutiu com a minha mãe; ela não gostava de limpar e estripar. Na beira da porta da cozinha, entre a copa e o banheiro, talvez com quatro anos de idade, eu estava parada chupando o dedo, curiosa e interessada. Ele acenou para eu me aproximar. Enquanto meus pais polemizavam se eu teria pesadelos depois de cortar, já era tarde demais; eu já tinha começado a retirar os olhos de cada peixe com uma faca de manteiga.

— Você continua tão boa na limpeza? — Meu pai me deu um tapinha no joelho e sorriu.

— Quase. Não tenho praticado. Não é um talento que a maioria dos homens aprecia — observei.

— Talvez não tenha encontrado o homem certo.

— Talvez — concordei.

O nariz do meu pai deixou escapar um úmido e forte suspiro.

— *Eu* vou ser a consultora do novo restaurante de Sid Niceman em *uptown*? — perguntei.

— Vai.

— E você vai ser o consultor de quem?

— De Anne Tulley, da *Explorer*.

— A luxuosa revista de viagens?

— Você a conhece?

— Steve sempre a encomendava para a sala de espera dele.

— Era de se imaginar.

— Como a conheceu? — quis saber.

— No jantar da Convenção dos Navios Clássicos.

— E onde estava mamãe?

— Ora, você sabe que a sua mãe detesta...

— ... jantares para mais de duas pessoas — terminei a frase.

— A revista está à procura de aventuras sofisticadas e culturalmente estimulantes. Anne quer...

— Ah, já a estamos chamando de Anne?

— Meu charme foi tudo o que me restou, agora que você cuida das coisas em *downtown*. Eu lhe falei, semana passada, que precisávamos fazer uma reunião a respeito disso.

Um pequeno e tenso calafrio instalou-se no meio das minhas costas. Após inspirar profundamente, gesticulei para ele ir em frente, como se o estivesse orientando casualmente na direção de uma vaga de estacionamento.

— Por favor, continue.

— Anne estava à procura de uns navios classudos para fazer uma de suas matérias elegantes sobre pesca em profundidade.

— E você a convenceu de que seria mais divertido mostrar um bando de caras bonitos enjoando em uns barquinhos andrajosos, roídos pelo sal e cheios de remendos?

— Você não poderia ter descrito melhor.

— E qual é a nossa parte nisso? Colocá-los em contato com alguns casais das Keys ou com pescadores de uma ilha da Micronésia que ainda usam lanças para pescar e ficam de pé sob varas?

— Eu cuidarei disso. O seu trabalho é selecionar os modelos e os fotógrafos.

— Por quê?

— Você é capaz de escolher alguns rapazes durões o bastante

para sair com Charlie Andrews no *St. Thomas Spirit*; caso contrário, a coisa toda vai ficar chocha. É você quem conhece as tripulações de pescadores na maioria dos países com quem negociamos. Você é estivadora diplomada.

— Que expressão artística — suspirei.

— Eu disse para Anne que você viaja, é a atleta da família, e a única a decidir quais são os sujeitos capazes de manejar as âncoras.

— Só porque gosto de correr maratonas em antigas cidades da Europa e pescar em Hong Kong não significa que eu seja uma especialista em viagens ou qualificada para escolher modelos.

— Você não vê *a mim* fazendo *windsurf* na Espanha ou *mountain bike* na fronteira da Áustria com a Suíça. Você viaja, pratica esportes e saberá quem é o homem certo para o serviço.

— Você está maluco, se vendeu esse papo por causa do fato de que há necessidade de haver uma química entre a tripulação e os modelos das fotos! Charlie Andrews nem mesmo tem personalidade antes da sexta cerveja.

— Eu vendi a idéia baseado na realidade da moda do ecoturismo. O mundo ficou esperto demais para aceitar farsantes. As pessoas que ganham dinheiro fácil querem saber como é o trabalho autêntico. Anne Tulley comprou a chance de enviar alguns rapazes junto com o velho Andrews e ver o que eles conseguem apanhar *de verdade.*

— E você a convenceu de que calos, dedos sangrando, unhas dilaceradas, barba de sete dias e sombrias ressacas de rum darão fotos melhores?

— Sim. Nenhuma tripulação ignorante de habitantes da cidade vai passar para trás os nossos incomuns pescadores da República Dominicana! Quero ter certeza de que iremos selecionar uns panacas decentes para viajar pelas águas.

— Não posso fazer isso, papai. Está fora do meu alcance.

— Pode sim.

— E se eu não quiser o serviço?

Ele deu um sorriso afetado.

— Divirta-se com alguns dos modelos.

— Papai — suspirei.

— Veja bem, um pouco de diversão pode ser uma boa coisa.

— Isso não faz o meu gênero.

— Ainda não demos a palavra final sobre quem vai viajar.

— Eu não vou.

— Você forma uma opinião sobre as pessoas em dois minutos ou menos. Nunca vi você se refrear. Estou lhe dando a oportunidade de ser paga para ser crítica.

— Está tentando armar para cima de mim.

— Estou tentando ampliar a base da sua clientela.

— Eu gosto de peixe; quero trabalhar com peixe. Você pode cuidar dessa sua sopa.

— É sopa no mel — exclamou, exagerando uma das suas tolas piscadelas sedutoras. — Do que você tem medo, Cece?

Só então me ocorreu que eu estava apavorada. Lentamente, estava me convencendo de que era um fracasso — e meu pai também sabia disso. Ele sabia que eu me julgava com severidade e a sensação de que errara era o bastante para tirar um pedaço da minha auto-estima. Como não havia maratonas para eu poder correr e recuperar o que estava perdendo, voltava a minha atenção para o trabalho.

Uma total exaustão se instalou por volta das nove da manhã. O telefone começou a tocar antes do horário comercial, e acabou a tinta da impressora. Eu tinha adormecido na escrivaninha quando ouvi o interfone zumbir.

— Chamada telefônica.

— Quem é? — vociferei.

— Você está com fome, mal-humorada, sofrendo de carência de cafeína *e* tem um telefonema de uma inglesa de fala insolente, uma tal de Srta. Tulley, da *Explorer*.

— Ugh. O que mais poderia acontecer hoje?

— Deus sempre tem um plano — disse ela.

— Olá, Srta. Tulley — cumprimentei o mais calmamente possível.

— Por favor, me chame de Anne. — Aposto como ela soletrou esse *A-n-n-e*. — Como vai indo tudo?

— Quem pode se queixar de uma dúzia de homens com aparência de modelos prestes a bater em sua porta?

— Pena que não sejam modelos de verdade — riu ela. — Seu pai estava tão preocupado com a dinâmica da viagem. Tentei dizer a ele que a maioria dos modelos nem mesmo tem personalidade. Raramente há necessidade de se perder tempo com a *dinâmica* de grupo. Mas, mesmo assim, não é divertido?

— Creio que sim... mas ainda não começamos realmente.

Em vez de brincar do jogo empresarial do leão-e-rato, no qual uma pessoa fica calada e a outra é forçada a falar, resolvi ser o leão e soltar a minha língua grande.

— O conceito é três homens num barco, certo? — voltei a perguntar, duvidando de que meu pai tivesse entendido direito.

— Conceitualmente falando, meu bem, é "Três homens sensatos de Gotham que se lançaram ao mar numa banheira. Se a banheira tivesse sido mais resistente...", bem, sabe como é... — Sua voz tornou-se fria. Era necessário usar um tom autoritário, ou ela tomaria conta da conversa e menosprezaria as minhas opiniões. As regras de poder das mulheres são mais difíceis de se entender do que as dos homens.

— Mamãe Ganso, claro.

— Você não é fã?

— Nunca fui, mas sempre gostei de me lançar ao mar.

— É por isso que a contratamos. Escolha os mais exageradamente belos capazes de realizar isso. Talvez eu até mesmo comece a carregar algumas coisas por aí, depois do que o seu pai me disse, que o trabalho na estiva é a melhor malhação que uma garota pode fazer.

Nesse instante, Chelsea enfiou o dedo no botão do interfone, para produzir um longo e irritante ruído, e interrompeu a minha conversa.

— O primeiro modelo chegou — anunciou ela.

— Já? Onde está meu pai?

— Deu uma saída — informou aborrecida.

— Aquele velho rabugento manipulador. Você pode fazer um novo bule de café? — pedi.

— Claro. Aí vai o primeiro.

— Anne?

— Sim. Bem, agora começa a diversão. Me ligue dentro de algumas horas.

O modelo tinha um metro e noventa de altura e cabelos castanhos que iam até os maxilares. As linhas de seu sorriso lhe davam uma aparência educada.

— Então você é a dona dos peixes?

Confirmei com a cabeça.

— Eu já fiz bastante pescaria — disse ele.

— Isso deve ter sido muito recompensador. Posso ver o seu portfólio? — solicitei, sem saber mais o que dizer.

Folheei as páginas de fotos sem prestar atenção.

— Eu pensei que a coisa fosse mais do tipo "contato pessoal". A agência me disse que teria a ver com a química — sorriu.

— Do que você está falando?

Ele passou a vista pelos quadros da parede em frente, evitando outro contato visual.

— Você tem alguma pergunta? — indagou.

Dei uma olhadela para baixo, para a sua foto 3x4.

— O senhor tem, Sr. Rite?

— Me chame de Alexander. Tenho que fazer perguntas sobre a viagem ou sobre você? — Cruzou as pernas, adotando uma posição mais à vontade. Fechei o portfólio e o devolvi para ele.

— Minha entrevista acabou?

— Tenho uma porção de jovens para entrevistar. — Estendi minha mão boa e me despedi.

Ele parou na porta e hesitou.

— Você é esquisita... gostei de você. Vou jantar hoje à noite com alguns amigos... gostaria de nos acompanhar?

— Não sou boa em grupos.

— Se mudar de idéia, estaremos no Chow Chow. — Ele sorriu, como se o mundo todo acabasse mudando os seus planos por causa dele.

Só levantei os olhos depois de ouvir a porta bater.

— Chelsea? Quantos mais há aí fora? — perguntei, sentindo uma raiva crescente do meu pai.

— Seis. Três de um lugar chamado Boss, outro da Ford, e dois da...hum... não sei pronunciar isso.

— Há algum deles que valha a pena dar uma olhada?

— Todos valem a pena dar uma *olhada.*

Depois que recebi o oitavo homem, dois me pareceram apropriados para enfrentar a viagem se conseguissem que suas mães fizessem as suas malas. Tinham nomes exóticos, cabelos compridos e roupas que consistiam em blusão de couro e camiseta branca.

— Estou pronta para o próximo.

— Sean, da Ford, a caminho.

Sua bela aparência já parecia padrão: louro, garotão, mochila, camiseta branca e patins com uma fileira de rodinhas. Eu podia inclusive apostar que depilava as sobrancelhas. Ele não disse nada e encarou o chão. Fiquei distraída pelo modo como se concentrava em não fazer contato visual. Não que eu fosse uma especialista, mas suas fotografias eram muito boas — uma porção tirada ao ar livre.

— Você já pescou antes? — perguntei.

— Eu sou um garoto. Já coloquei minhocas vivas num anzol e enfiei na água.

Era o tipo de egoistazinho presunçoso que eu gostava de rejeitar.

— É mesmo? Eu também já vi meninos bonitos colocados em ganchos e enfiados na água com sapatos de cimento.

Depois de um longo silêncio, ele disse:

— Você é boa em pescaria?

— Não tenho mais paciência para isso. — Fiz uma pausa. — O que eu sei mesmo é sobre embalagem e transporte, mas continuo sendo muito boa em estripar.

Ele apontou para a minha mão.

— Foi assim que se feriu?

— Não — sacudi a cabeça. — Não estou muito afável hoje. Você quer café ou precisa usar o banheiro?

— Não, obrigado. Delculpe o modo como reagi à sua primeira pergunta. Você ficaria chateada se eu pedisse desculpas? — Ele deu uns puxões nos pêlos da perna, fazendo a pele se projetar da coxa.

— Precisa mesmo fazer isso?

— Reagi muito mal no início de nossa entrevista.

— Tudo bem — disse eu, com um sorriso sincero.

— O boato que corre na sala de espera é que você é uma fera, mas acho que, na verdade, não destroça as pessoas, apenas quer ir além da superfície delas.

Corei.

— Estou tentando fazer algo para o qual não sou qualificada, e a minha única chance de parecer profissional é ser uma megera. Bem, já conhece o meu segredo... qual é o seu? Por que é modelo?

— Estou tentando descolar grana para a escola.

— O que você estuda? — quis saber.

— Oceanografia. Fiz estágio num projeto de reciclagem da vida marinha. Uns designers famosos me convidaram para um desfile de moda deles e, sem que eu percebesse, acabei aqui. Um peixe fora d'água, de certa forma. A vantagem é que estou mais perto da minha mãe. Você meio me lembra ela.

A expressão no meu rosto deve ter sido de choque e espanto.

— Não me entenda mal — justificou-se. — Você tem o mesmo senso de humor.

— Onde ela mora? — perguntei.

Ele sorriu.

— Penitenciária de Allenwood.

— Já gostei dela.

Depois que o último modelo saiu, não hesitei em retornar o telefonema de Anne para participar a minha avaliação.

— Oi, Anne... Cece Lacey.

— Você é rápida!

— Não há muito para escolher.

Anne riu com entusiasmo.

— Eu lhe disse, meu bem. Espere, pelo menos os fotógrafos são mais interessantes.

— Selecionei três. Dois são do tipo mais jovem e parecidos com universitários que vivem à custa do pai.

— Me fale desses universitários.

— Sean, o louro da Ford.

— Tem boa reputação. Sem delitos por drogas, e tenho certeza de que nunca ficou até tarde da noite bebendo. Acho que até mesmo tem uma mãe doente em algum lugar para quem todo mês envia um cheque.

— Para o tipo ruivo maluco sardento...

— ...Kyle da Boss?

— Sim. Alguma contravenção no passado? — indaguei.

— Não. São dois bons garotos. Prossiga.

— Para o pensativo, pensei em Alexander Rite ou Randy Trip.

— Alexander Rite? O sujeito alto de óculos?

— Esse mesmo. — Fiquei impressionada com o conhecimento que ela tinha de todos os modelos. Na ocasião não me ocorreu que havia dormido com a maioria deles.

— Um pouco velho em relação aos outros dois, a não ser que a gente faça o esquema do irmão mais velho. Ele dá um boa primeira impressão, mas lança mão de muitas coisas de uma só vez. Não se pode posar para as câmeras e trepar com a cliente.

— E Randy? — sugeri, sentindo a minha credibilidade escorregar.

— Randy? O de cabelos castanho-mel?

— Olhos verdes. — A luz do interfone acendeu sem produzir nenhum ruído. — Pode esperar na linha? — perguntei.

— Tudo bem.

— O que é, Chelsea? Estou tentando amarrar uns detalhes.

— Não seja tirana. Um modelo chamado Alexander está na linha... garantiu que é urgente.

— Deixe-o esperar na linha.

— Anne? Anne? Merda! Chelsea! Quer colocar Anne Tulley da *Explorer* na linha?

— Eu continuo aqui — ela suspirou e falou com um tom de voz petulante. — Não vou atrapalhar você. Gostei da suas escolhas.

— Anne, por favor, Hong Kong pode esperar. É apenas um carregamento.

Sempre salientando a importância de alguém, pensei, enquanto Anne continuava:

— Boa combinação. Rapazes da apinhada cidade de Gotham, com a bonificação salarial do primeiro ano de trabalho em uma financeira, equipados para o trabalho pesado. Eu já os vejo prontos para arrasar em uma viagem de pescaria e acabar caindo no modo real. Vamos começar no Atlântico ou no Pacífico?

— Depende da data que você escolher.

Ouvi Anne dar outro trago demorado no cigarro. Imaginei o tipo de mulher que ela era: quarenta e poucos anos, um marido e talvez um amante, masculino ou feminino. Usava batom vinho-escuro, pois isso ficava legal na borda de sua taça de martíni, e não usava sapatos de salto baixo desde que a saia justa foi inventada. Era uma mulher que eu admirava, mas jamais poderia imitar.

— Há apenas alguns poucos bons fotógrafos para escolher. Me ligue depois que examinar os portfólios deles. Apesar de ser tentador, evite sair com os modelos que está pensando em escolher para a viagem. Ah, espere... você vai se casar, não é mesmo?

— Na verdade, não. Não vou.

— Mas eu li ontem no *Times* — garantiu.

— Irônico, não?

— Devo dar os pêsames a você? — perguntou.

— A ele, é claro! — exclamei com o entusiasmo mais oco possível.

Ela deu uma risada.

— Eu já tive três casamentos medíocres, uma anulação e dois excelentes divórcios! Divirta-se com os modelos antes que eles saibam que você não os escolheu.

— Você falou com o meu pai a respeito disso?

— Ele é encantador. Que pequeno irlandês animado. — Anne falava como uma mulher que conhecia bem o seu jogo. — Não leve ninguém a sério além de *mim*. Lembre-se de que sou eu quem dá a palavra final sobre tudo e para todos os que viajam. Em breve, tomaremos um café para fazer o planejamento do itinerário. Por enquanto, tchau.

— Tchau.

O botão de espera na linha manteve aguardando o primeiro modelo que eu tinha entrevistado. A palpitante luz vermelha era como um doce que eu não devia provar.

— Alô... lembra de mim?

— Alexander Riter, mais velho, cabelos até os maxilares. Eu já tenho um compromisso.

— Quer ouvir o seu horóscopo? — perguntou.

— Eu sou de Áries. O que a *Vanity Fair* tem a me dizer este mês?

— Como soube que era a revista *Vanity Fair*? — surpreendeu-se.

— Existe outra bíblia para os bem-vestidos mas ainda não famosos?

— Bem, Áries, está na hora de jogar fora a velha bagagem, incluindo as pessoas com que tem ficado tempo demais. Divirta-se e faça um programa que a estimule a inflamar a tocha do seu Aríete.

— Você inventou isso?

— Não estou nem mesmo parafraseando.

— E o seu horóscopo? — indaguei.

— Vou precisar melhorar o meu modo de agir e lidar com uma porção de papéis.

— Está certo?

— Ainda não paguei meus impostos.

— Estamos em agosto!

— Eu sei, seu sei. Me distraí com outras coisas.

Os pobres sempre sabem o valor de suas contas porque não podem pagá-las; os ricos precisam de suas contas para lembrá-los do quanto gastam.

— E o jantar? — insistiu.

— Compromissos.

— Iremos depois a uma boate. Deixarei o seu nome na porta.

Chelsea acenou com o almoço diante de mim.

— Preciso desligar.

— Vejo você mais tarde.

— Talvez.

— Talvez?

Sentei à escrivaninha e examinei a contusão em volta do dedo. Estava desenvolvendo fungos com ondulações de veias escuras e uma camada oleosa da pomada do médico. O límpido e transparente diamante parecia o olho vigilante de um crocodilo irrompendo na superfície.

O telefone tocou e atendi antes de Chelsea, esperando que fosse o modelo — *Talvez*.

— Você está na minha agenda para esta noite — disse Zoe, na defensiva.

— Zoe?

— Sim.

— A gente marcou para se encontrar esta noite? — estranhei.

— Marcou, já esqueceu?

— Completamente. Tenho estado meio maluca.

— Quem pensou que era?

— Steve — menti.

— Não estão numa boa? — perguntou.

— Não vamos nos casar.

— Mas eu acabei de ver o anúncio de vocês no *Times*!

— Conversaremos a respeito esta noite.

— Onde vamos jantar?

— Você escolhe... não estou conseguindo pensar direito — o que não era mentira.

— Passe no meu apartamento por volta das sete.

— Que tal a vida de casada? — indaguei.

— Já parece uma eternidade.

Há uma liberdade em ser o seu próprio patrão que se contrapõe aos obstáculos de trabalhar para si mesmo. Dei-me conta, porém, que tinha começado a tomar uma liberdade excessiva com o meu tempo, e o serviço chato estava se empilhando na mesa de Chelsea. Mesmo assim, eu precisava de tempo para mim mesma. Resolvi ligar para Emily, atrás de conselhos.

— Vou me encontrar com Zoe para jantar. Tem idéia de alguma coisa boa que eu possa dizer a respeito de Aaron?

— Ele é dono de um bar e tem interesse em mantê-lo aberto.

— Para ajudá-lo a sustentar o seu alcoolismo — rebati.

— É melhor do que Zoe sustentá-lo.

— Lembra daquele sujeito das florestas de Vermont? — perguntei.

— Ele não era tão mau assim, eu gostava dele.

— Foi condenado por porte de arma carregada no estado de Nova York.

— Não podemos admitir que houve uma diferença cultural? — deu uma risada.

— Dirigir portando uma arma carregada, em Vermont, é socialmente aceitável, mas continua sendo ilegal — justifiquei.

— Preciso ir a uma reunião. Posso lhe telefonar depois? Ah... como vai a mão? — indagou amavelmente.

— Horrenda.

— Você contou para Zoe a respeito de Steve?

— Resumidamente.

— Fale sobre si mesma e fique longe de Aaron.

— Você acha que preciso de terapia? — perguntei.

— Essa é uma conversa mais demorada. Pode vir à nossa casa de praia neste fim de semana?

— O casamento de Susan é sábado.

— A sua amiga da Costa Oeste? Aquela que você conheceu no curso da ONU?

— Isso mesmo.

— Vamos conversar antes de você partir para a sua...

— Lua-de-mel.

— Férias.

— Não posso simplesmente deixar recados suicidas para você quando estiver sozinha no hotel?

— Não achei graça — disse ela em tom de repreensão.

— Tchau.

Quando voltei para o escritório, após a consulta com o médico, meu pai e Chelsea não estavam mais lá, mas cada um havia me deixado uma longa e detalhada lista das coisas que aconteceram. Presos às listas estavam dois pedaços de papel de rascunho com a caligrafia do meu pai. Um dizia que era para eu telefonar para a minha mãe e informar o que tinha acontecido no consultório médico. O outro era o endereço de uma boate onde o modelo estaria naquela noite. Meu pai deve ter curtido tremendamente anotar o recado. Fui para o andar de cima e comecei a juntar as poucas coisas de Steve e colocá-las em uma caixa. O telefone tocou sete vezes na linha do escritório e imediatamente depois no meu número particular.

— Por que você não telefonou? — minha mãe perguntou.

— Estou exausta e queria juntar as coisas de Steve antes do meu jantar com Zoe esta noite.

— Passou um bom dia?

— Acho que sim. É um bom momento de minha vida para aterrorizar homens atraentes.

— O que o médico falou sobre a mão? — quis saber ela.

— Há sensação nas pontas de todos os dedos e no pulso. A radiografia mostrou que não há nada deslocado ou quebrado. Ele disse que tive muita sorte por ter perfurado a pele e a membrana entre as articulações. Fez uma limpeza e renovou o curativo, mas não consegui olhar, porque isso me deixou enjoada. — Enquanto conversávamos, eu enfiava as caixas de presentes da Tiffany & Co. em três enormes sacolas de compras.

— O que vai fazer com o casamento de Susan?

— Vou trocar o curativo na quinta-feira, antes de ir para a Pensilvânia. Ele disse que podia cobrir a gaze.

Antes que ela tivesse tempo de fazer outra pergunta, a campainha tocou.

— Um momento, mãe, há alguém na porta.

Quando olhei pela janela, não havia ninguém. Apertei o botão do porteiro eletrônico para perguntar quem era, e ouvi as chaves tilintando na fechadura.

— Acho que Chelsea esqueceu alguma coisa.

— Chelsea vai jantar com a gente; ela acaba de sair do carro com o seu pai, neste exato momento. Quem está na porta? — interrogou. Só havia mais uma outra pessoa que tinha as chaves.

— É ele, não é? — perguntou.

— Creio que sim.

— Quem mais tem as chaves?

— Ninguém.

— Ligue para mim depois.

— Vou tentar.

— Prometa.

— Vou tentar.

Quando abri a porta, Steve hesitava ao pé da escada.

— Vim buscar as minhas coisas. — Subiu firmemente, sem parar, e me seguiu para o interior do apartamento.

— Alugou um carro? — perguntei.

— Não, levo de táxi.

— Vou lhe conseguir um carro.

— Não precisa se incomodar.

— Por favor.

— Não quero que um carro dos seus amigos mafiosos me leve para Nova Jersey para atirar em mim.

— Durante dois anos você deixou clara a sua opinião sobre as minhas companhias. Deixe que venha alguém que nos ajude a levar algumas coisas.

— É, e depois levar as caixas do meu apartamento?

— Não vamos fazer isso desse jeito — pedi.

— Que jeito? — ele disparou.

— O jeito amargo.

Ele sacudiu a cabeça e examinou as sacolas que eu havia começado a encher com antigos presentes. Liguei para o nosso serviço de táxis para conseguir um carro.

— Serviço imediato... conta número sete-seis-zero-nove.

A princípio, ignorei Steve esquadrinhando as coisas, mas logo me vi colocando objetos ao acaso em sacolas de compras, para ajudá-lo a sair da minha vida. De um modo incomum, pegava coisas que não tinham valor sentimental para ele, mas representavam a minha personalidade. Ele quis o porta-retrato de conchas marinhas que eu havia feito na escola primária, porque agora tinha uma foto nossa. Pegou minha toalha de praia favorita e uma enorme bolsa para equipamento de mergulho que eu tinha comprado durante um fim de semana prolongado em Aruba. Aparentemente, ele reunia dados para provar que estivemos juntos. Do mesmo modo que eu havia classificado o seu corpo para a minha memória, ele juntava coisas do meu apartamento para fazer uma colagem do tempo que passamos juntos. Era triste — as nossas lembranças não nos manteriam juntos, e ambos procurávamos coisas para provar que estivemos apaixonados.

Ele me seguiu através de cada aposento, protestando que tinha direito a mais coisas do que eu enfiava em cada saco de lixo. Em poucos instantes, distraiu-se e parou de ensacar as coisas, assim que comecei a fazer isso por ele. Achei que era a última coisa legal que podia fazer e, em vez de me apressar, gastei uns segundos a mais para dobrar cada coisa que colocava em cada sacola, pois ele viveria delas até estarem todas vazias. Algumas semanas depois vi as tais sacolas, algumas dobradas, rasgadas, as alças arrancadas de um dos lados e bem amassadas, pedaços de sua vida espalhados pelo apartamento dele que outrora dividimos, e isso me deixou triste.

Enquanto ele examinava a coleção de discos à procura dos dele, coloquei a mão boa sobre o seu molho de chaves sobressalentes e o enfiei no bolso. Para levar a cabo essa manobra permiti que ele surrupiasse toda a minha coleção de Neil Diamond.

Quando o carro chegou, o motorista me ajudou a colocar na mala os itens desorganizados, como se fossem meus; minha mão ferida tornou-o solidário. Carregou sacolas, abajures e alguns eletrodomésticos escada abaixo do apartamento. Como motorista profissional, seguiu a etiqueta e ignorou Steve, mas eu sabia que ele o vira sentado no sofá murmurando consigo mesmo.

Mal havia espaço no carro de luxo enquanto eu me esforçava em organizar os objetos. Após algumas tentativas de fazer as coisas caberem, senti o meu mau gênio aflorar. Tratava-se simplesmente do limite de ressentimento que eu jamais conseguira controlar. Segundos antes, estava pesarosa arrumando delicadamente as coisas para ele, mas agora, porém, ao pelejar para colocá-las bem arrumadas no carro, eu estava furiosa por ele ficar sentado no sofá sem fazer nada além de inspecionar o apartamento. De repente, bastou eu tê-lo ajudado a acondicionar as coisas; ele poderia pelo menos colocar os sacos no carro. Empurrando violentamente os objetos para a mala, fiz com que um dos sacos de lixo se rompesse. Camisas em embalagem de lavanderia, gravatas, meias, chinelos, calçadeiras, revistas, um abajur de cabeceira e um rádio-relógio transbordaram para a rua. Exasperada, juntei tudo em uma pilha, aos pontapés, e a joguei no assento do passageiro.

Pedi que o motorista esperasse um momentinho e corri escada acima, em pânico, achando que Steve, por força de hábito, estivesse procurando as suas chaves. Enganei-me. Ele estava apenas sentado no sofá, mergulhado nas almofadas e na sua confusão.

— Steve, está na hora de ir embora.

Ele se levantou e agarrou os meus ombros com as grandes palmas das mãos. Senti o calor e o suor entre os seus dedos enquanto ele me sacudia delicadamente para trás e para frente.

— Um de nós vai se arrepender deste momento.

Tudo o que pude fazer foi permanecer calada e evitar dizer "Não serei eu", enquanto o acompanhava porta afora.

10

Pronta ou Não

O rio que circunda Manhattan tem características diferentes em cada lado. As minhas raízes do East Side, o lado leste, sempre me inclinaram a acreditar que o West Side, o lado oeste, era mais frio. Um estranho a ambos poderia argumentar que, no verão, a brisa é agradável dos dois lados, e, no inverno, cada vento gelado é imperdoável. No West Side, os novos parques de concreto e a selva de academias da moda deram aos nova-iorquinos outro lugar para se mostrar nos fins de semana. O único efeito colateral de Battery Park City é que mais pessoas vêm para *downtown*, em vez de rodear acima da Rua 59 no Central Park.

Ao caminhar para a casa de Zoe no West Village, me surpreendia o modo pelo qual os amigos se permitem continuar com relacionamentos doentios. Suponho que é nosso dever estar por perto e apoiar uns aos outros. O amor incondicional deve vir de algum lugar e, para mim, a amizade é o que nos prende quando caímos das graças dos outros.

Não importava o quanto a noite estivesse quente, eu sabia que Zoe usaria um casaco de couro ou calças de couro. Eu vestia um fino blazer de couro sobre uma camiseta branca, imitando os modelos que havia observado o dia todo, esperando que isso indicasse que eu estava sob controle.

— Me deixe entrar ou derrubarei sua casa com um sopro — gritei para cima em direção à janela dela.

— Suba aqui! — ela berrou de volta pelo interfone.

Ao chegar à porta, ouvi o arrastar de patas no assoalho de madeira-de-lei. Quando nos abraçamos, os cachorros saltaram sobre nós e uma de suas garras perfurou a manga do meu casaco. Zoe vestia roupa de baixo francesa feita sob encomenda e o corpo ainda estava quente do banho. Seus cabelos ruivos estavam úmidos e desgrenhados. Falamos ao mesmo tempo, em pequenos bocados, mais como mordiscadas sonoras, desculpando-nos pelo silêncio dos últimos meses, nenhuma de nós querendo admitir o constrangimento de julgar uma à outra.

— Conversou com Emily? — perguntei.

— Falamos, mas não *conversamos* — suspirou. — Você me conhece. — Ela sorriu e jogou as mãos para cima.

Zoe gostava de misturar negócios com prazer. Era natural que se casasse com alguém para quem trabalhava. Nunca houve nenhum lugar onde ela estivesse empregada — de escritórios de advocacia a bares — no qual, em questão de uma semana, ela não estivesse saindo com o dono ou o sócio majoritário. Eu gostava de comparar as nossas infâncias porque ela foi criada por uma mãe que trabalhava em restaurante. Nunca havia tempo suficiente para dar a Zoe a atenção que uma filha exigia de uma mãe. Em cada refeição havia críticas a fazer, agiotas a venerar, ou o chefe dos garçons com perguntas sobre quais eram as entradas principais. Zoe se tornara o tipo de mulher que não recuava ao ver sangue e nunca se deixou impressionar por rosas.

Na rua, andávamos no ritmo de suas passadas largas. Na faculdade, eu conseguia ouvi-la vindo pelo corredor, estando a três cômodos de distância; bum, bum, zum, bum, bum, zum. O salto de sua bota de motocicleta batia forte no chão e o rebolar dos quadris marcava a pausa entre as estrondosas batidas de suas passadas. Zoe e eu éramos a classe operária em uma universidade tradicional. Na Cornell, acordávamos antes do raiar do dia, no horário da padaria, encomendávamos legumes ou multiplicávamos os custos dos alimentos por medidas de xícaras e galões, enquanto o resto do pessoal ainda estava voltando para casa vindo de festas pagas. Uma vez por ano o Hotel Escola assumia os refeitórios e patrocinava banquetes e bufês para impressionar estudantes dos cursos preparatórios de Medicina e Direito. Por mais que preparássemos tão bem uma omelete e fizéssemos perfeitos rolos de sushi, nós continuávamos usando calça de poliéster de *chef* e limpando o chão depois que todas os demais tinham ido para a reunião seguinte do grêmio estudantil. Zoe e eu conseguimos atormentar a burocracia o bastante para que nos permitissem fazer um curso de literatura feminista. Lá conhecemos Emily, que se tornou a nossa guia turística para os melhores professores e cursos nos quais podíamos nos inscrever.

Fomos caminhando até um botequim à beira do rio. Uma boa clientela de imigrantes vivia por lá, bem como de uns seguidores das últimas tendências artísticas. Naquela noite, havia uma forte combinação operariado-e-aguarrás. O proprietário meio que capotou sobre nós, e isso quase pareceu uma forma de boas-vindas. Nas três horas que passamos juntas, eu mal consegui mencionar Steve, pois Zoe estava ocupada com sua vida.

— Dá para acreditar? Miama Handlemen entrou no nosso bar com uma equipe completa de fotografia, e ele nem sabia quem era ela. — Zoe bateu com a mão na mesa. — Não consegui acreditar! Seria o mesmo que Mapplethorpe entrar numa loja de acessórios de couro e não se saber quem ele é.

— Ela costuma ficar por trás das câmeras e não diante delas — argumentei, surpreendentemente saindo em defesa de Aaron. Zoe estava me cansando. Estava tão encantada com o sucesso do bar e da turma glamourosa que este atraía, que se recusava a admitir a bebedeira excessiva de Aaron e o seu temperamento violento. Era uma da madrugada quando resolvemos tomar táxis em direções opostas.

Zoe foi para o bar dar uma olhada na clientela, e eu mandei o meu táxi para a boate onde o modelo disse que estaria. Só um drinque, pensei. Segui a pé por alguns quarteirões, esperando mudar de idéia, mas sabia que não o faria. É importante aprender deste modo: eu nunca cometo o mesmo erro duas vezes, mas costumo cometer grandes erros.

A boate tinha um nome quase impronunciável. Ultrapassei as cordas de veludo e encarei uma moça que tentou me deter. Fingi me sentir insultada, mas compreensiva, e pedi para a leoa-de-chácara procurar o meu nome na lista. Ironicamente, eu estava mesmo nela, e não precisei agir como se estivesse desconcertada ou pagar vinte dólares para entrar. Imediatamente fiquei grata por ter decidido usar couro.

No bar, não havia sinal do modelo. Seja uma boa garota e vá para casa, disse a mim mesma. Em vez disso, subi uma larga escada circular. Ao final do vestíbulo havia outro salão onde Alexander conversava com três mulheres. Ele vestia um terno bege claro. Com o meu jeans, me senti uma adolescente e me repreendi por ter ido até ali. Debrucei-me sobre o parapeito. Ele agia por todo o aposento, fazendo com que cada mulher se sentisse o centro de sua atenção. Outro homem bonitão usando jeans se aproximou de mim. Era mais velho, com leves entradas nos cabelos, mas tinha uma aura que me deixou à vontade. Ele achou que eu era alguém que conhecia.

— Você deve ser Catherine — falou, estendendo a mão. — Alexander passou a noite toda falando de você. Eu também me chamo Alex. Gostaria de um drinque?

O outro Alexander surgiu subitamente ao lado dele.

— Você vive dando em cima das minhas namoradas? Que bom que você veio. — Curvou-se e me beijou no rosto como um antigo amante.

— Ao que parece, você esteve mesmo muito ocupado até agora. — Sorri e sacudi um ombro na direção das três mulheres que nos observavam atentamente.

— Ela é uma mulher *inteligente* — observou Alex.

— Passei a noite toda falando em você... pergunte a ele... os meus amigos já estavam começando a pensar que você não existia. — Deu um sorriso inocente.

— E quase não existo. Se o seu amigo não tivesse me salvado eu teria ficado escondida atrás daquela palmeira até o lugar fechar. Os dois deram uma gargalhada, se bem que um pouco afetada e ruidosa.

— E o meu drinque? — perguntei. Lancei olhares para o modelo ir apanhá-lo e para o amigo dele ficar. Por mais difíceis que sejam os relacionamentos, é espantoso como os homens podem ser manipulados com facilidade.

— Não me roube essa — ele alertou, antes de se afastar.

— O que você faz, Alex? — quis saber.

— Sou conceitualista. Faço consultoria para restaurantes. Eu era *chef*, mas quis sair dos bastidores. Basicamente, queria usar sapatos sem ponteiras de aço.

— Conheço a sensação.

— Você é *chef*?

— Não. Trabalho no mercado de peixes.

— Sério? Isso é impressionante.

— Se você gosta do cheiro de peixe...

— Eu gosto. — Ele fez uma pausa, enquanto eu ignorava a insinuação. — Há quanto tempo você e Alexander se conhecem? Ele só tem falado coisas boas a seu respeito. Por que nós não nos conhecemos antes?

Ou o modelo era maluco, ou acreditava em amor à primeira vista.

— Na verdade, a gente não se conhece há tanto tempo assim — expliquei.

— Que bom que você veio se juntar a nós. Depois de tudo o que ele falou a seu respeito esta noite, estava querendo muito conhecer você.

— Eu só quero dormir com ele.

Alex deu um passo para trás, terminou a sua bebida e apanhou um pedaço de papel e uma caneta.

— Se não der certo com ele, posso sair com você? — perguntou.

Consultei o meu relógio.

— Está livre para o café da manhã? — gargalhei. — Não está achando que apareci aqui à uma e meia da madrugada com a intenção de voltar sozinha para casa, está?

— Você é tudo o que ele disse que era.

Alexander estava de volta à nossa companhia.

— E aí, que tal? — indagou.

— Case com ela — disse Alex.

— Eu lhe falei que ela era fora de série.

— É mesmo capaz de afirmar tudo isso no *curto* espaço de tempo em que nos conhecemos? — perguntei.

— Eu soube que você era especial desde que entrei em seu escritório. — Ele gostava de me dar a sensação de que a sua atração tinha alguma eficácia, fazendo a tensão parecer mais demorada e mais significativa do que era.

— Por que não nos conhecemos antes?

— Eu estava noiva. — Levantei a mão enfaixada.

— Ao que parece, ainda está — observou.

— Só conseguirei tirar o anel depois que desinchar.

— Ela é do tipo por quem a gente se apaixona. Tome cuidado — alertou Alex.

— Vocês, homens, não se apaixonam por ninguém. A caçada é sempre mais divertida do que a matança. — Tomei o meu drinque em duas goladas grosseiras e me dirigi a Alexander. — Podemos ir agora?

Ambos ficaram calados por um momento.

— Tenho uma reunião de manhã. Não vou poder ficar acordada a noite toda. — Dei um abraço no amigo dele e deslizei escada abaixo. Acima da música e da cacofonia dos copos no bar, ouvi as risadinhas zombeteiras das três mulheres que o modelo tinha abandonado para ir falar comigo. Comentaram a minha aparência, minha altura, a redondeza do meu rosto e a abundância dos meus quadris. Consegui manter passadas tranqüilas e uniformes até chegar à porta e sair.

— Você é preocupada, não? — indagou Alexander, segurando a minha mão. Apertei a cabeça em seu peito enquanto ele beijava o meu pescoço e as orelhas. Sua respiração cheirava a fumaça, por causa do uísque em seu drinque, e a língua estava fria pelo gelo. Eu me agasalhei nele, acreditando por enquanto em sua sinceridade. Todos os homens de uma certa categoria, com uma certa educação, estavam agora se tornando a mesma coisa. Ou eles completavam uma universidade tradicional, ou os menos afortunados eram apanhados na pós-graduação. Estavam ganhando dinheiro e todos tinham os mesmos gostos e os mesmos brinquedos. Não importava com qual Alex eu fosse para casa naquela noite ou na noite seguinte. A maioria dos homens por quem eu me sentia atraída era produzida em moldes semelhantes. O desafio era encontrar um que fosse diferente. Eu sabia que precisava parar de brincar com os tipos genéricos, a fim de encontrar o tal mas, naquela noite, aquele ia servir.

Quando o despertador tocou, eu tinha duas opções: uma delas era ir de táxi para casa, tomar um banho, trocar de roupa e voltar correndo para a minha reunião naquelas redondezas. Com uma leve ressaca e perigosamente perto de vomitar, eu estava agindo muito lentamente para poder viajar até em casa, e não tive escolha a não ser me lavar e sair.

A bisbilhotada mais íntima que se pode dar na vida de alguém, depois de abrir a sua geladeira, é usar o seu banheiro. O que as pessoas mantêm atrás da cortina do boxe e no armário são janelas para suas vidas. Depois de aprender a julgar um restaurante pelas suas câmaras frigoríficas ou geladeiras, apliquei o mesmo conceito a banheiros. Se uma geladeira é limpa, organizada e os alimentos são mantidos em sacos plásticos ou caprichosamente guardados em recipientes fechados, eu recomendo o restaurante. Se eu vou a uma festa com jantar, e o banheiro da anfitriã tem pêlos púbicos nas rachaduras dos azulejos, manchas no vaso sanitário, ou tubos endurecidos de creme facial na prateleira, evito comer qualquer coisa que não seja bem cozida. Trata-se de um modo prudente e clínico de avaliar as pessoas, mas as bactérias ameaçam a maioria dos meus produtos, e eu sou rigorosa com os regulamentos. A hipocrisia é que vou para a cama com um completo estranho, contando apenas com o látex para minha proteção sanitária.

O armário do banheiro do modelo estava repleto de caríssimos cremes para a pele. Calculei que o pequeno frasco de hidratante que eu estava segurando custava mais de cem dólares, e a pesada garrafinha de vidro quase escorregou da minha mão enluvada com ataduras. Não desejava fazer barulho, queria que ele continuasse dormindo para que não tivéssemos de enfrentar um adeus constrangido ou fazer promessas que não iríamos cumprir. Tomei uma chuveirada mantendo em volta da mão o revestimento plástico do cesto de lixo, para evitar que se molhasse, e em seguida me dei um trato com suas escovas, cremes e pomadas para cabelo.

No quarto, entrei no seu enorme closet e o esquadrinhei silenciosamente. Escolhi uma camisa de malha de algodão cor de creme, combinando com meu jeans e meus sapatos, que prometeria deixar com o porteiro em outra ocasião. Internamente, eu já sabia que ela era o meu troféu da noite.

Antes mesmo que ele rolasse na cama e emitisse grunhidos matinais, eu estava na cozinha tomando o café que eu havia preparado. Ouvi o jornal pousar do lado de fora da porta, os grossos cadernos se espalhando suavemente pelo tapete. Brincando com a fantasia do envolvimento amoroso, imaginei, ao trazer o jornal para dentro, que o apartamento pertencia a mim e a meu amante. Olhando de relance as manchetes e lamentando as notícias ruins, fiquei imaginando como os nossos filhos cresceriam num mundo como aquele.

Com um profundo suspiro de alívio, coloquei o jornal de lado, enxagüei minha xícara e olhei pela cozinha atrás de um pedaço de papel para escrever um curto bilhete a respeito da camisa dele. Havia duas grossas pilhas de documentos jurídicos e nenhum pedaço de papel para rascunho. Incapaz de evitar a transgressão, dei uma olhada no material escrito. A primeira página tratava dos termos do acordo para a concessão do divórcio dele. Não entendi direito a sua totalidade, exceto que o divórcio seria formalizado dali a quatro meses. Tecnicamente, eu tinha acabado de dormir com um homem casado, e ele, com uma mulher que ainda usava o anel de noivado. Foi difícil decidir se a situação era engraçada ou patética, mas foi fácil decidir a respeito do bilhete.

O ascensorista sorriu com os lábios apertados de quem sabia das coisas, e eu o ignorei adequadamente. O calor de manhã cedinho me deixou constrangida com meu casaco de couro. Do outro lado da rua uma mulher, usando tênis, calça de moletom e um fino suéter, caminhava atrás do seu cachorro. A repugnância se instalou na minha manhã. Eu quis trocar de lugares, pois sabia que ela vivia a fantasia. Ela se encontrava na rua, em uma manhã cálida, passeando com o cachorro, antes de voltar para casa, para um sofá macio, e tomaria café descafeinado o dia todo. Seu adorável marido estava a caminho do trabalho em um banco, e os filhos, matriculados em uma competitiva escola particular. Os dias dela eram repletos de pequenas coisas: almoços, lavagem a seco, lavanderia e a segurança dos lambuzados beijos dos seus filhos e cachorro agradecidos. Sua casa de campo era toda protegida por cobertores velhos e algumas estranhas fronhas de crochê que a tia surda fez nos anos setenta. Foi um momento terrível na esquina da rua; ali estava a minha condição de mulher solteira, sendo arrastada em direção aos trinta, com a virilha em carne viva por causa de uma interminável noite de sexo acrobático, usando roupas de outra pessoa para a reunião que teria, e possivelmente comprando uma calcinha na farmácia para que a costura do meu jeans não me causasse irritação. Senti inveja porque a vida, ao final de uma rua sem saída, acaba dando certo para algumas mulheres, e por um momento apenas desejei ser uma delas.

O restaurante ainda estava às escuras quando cheguei, e me enfiei no banheiro para verificar a minha aparência. Era exatamente como eu me lembrava; malvestida para a ocasião, roupas com um tamanho maior, ligeiramente cansada e bonita de um certo modo desgrenhado. Desliguei a luz e entrei no salão escuro onde vozes preenchiam apenas uma parte do espaço. Eu tenho uma queda por restaurantes fechados. Silenciosos, vazios de gente e da energia necessária para fazê-los funcionar, têm uma certa santidade, como uma igreja antes da missa de sábado.

— Que achou do banheiro? — perguntou Jake, o investidor principal, com participação em seis outros restaurantes de Manhattan.

— Excelente espelho de tamanho natural... mas, é claro, você sabe o que isso significa — aventei.

Jake levantou a vista em minha direção.

— As mesas não terão uma rotatividade mais rápida, pois as mulheres vão se reunir no banheiro?

Confirmei com a cabeça e me sentei.

— Achei que seria legal haver um espelho de tamanho natural — disse Kevin, um ex-ator e investidor minoritário, que tinha se dado bem e queria abrir o seu próprio restaurante antes que a carreira malograsse. O conceito era o tradicional frutos do mar com cozinha requintada. Haveria sons de bufos de baleias e *memorabilia* do Capitão Gancho.

— Pode ser arriscado. Dieta para os manoréxicos — sorri.

— Manoréxicos? — Kevin torceu o rosto.

Jake colocou a mão sobre a minha e deu um leve tapinha.

— Ela se refere aos anoréxicos de Manhattan. Um certo tipo de mulher rica que sofre de desordem alimentar. Os ricos e famintos por atenção. — Jake sorriu.

Kevin pareceu bastante aflito diante da idéia de as pessoas não comerem.

— Não se preocupe, Kevin. Cuide apenas para ter um bom bar. — Despejei café na minha xícara, e Jake empurrou a dele na minha direção para eu enchê-la.

George, o *chef*, trouxe para a mesa *muffins* recém-assados e uma travessa com ovos mexidos. Nós já nos conhecíamos há cerca de seis anos e tínhamos dormido juntos em várias ocasiões. Quando nos conhecemos, ele havia acabado de sair do Instituto de Culinária, e eu era apenas uma recente aquisição nos negócios do meu pai. Ele tinha um ótimo armário de remédios e uma porção de xampus naturais de ervas. Ver-nos daquele modo fez com que lembrássemos que havíamos chegado a algum lugar, aonde quer que fosse.

— Bela camisa — observou George. — Parece do meu tamanho. — Ele sabia que eu gostava de troféus, e camisas bem feitas de malha de algodão eram as minhas favoritas.

Ruídos da rua penetraram no prédio; uma sirene, a buzina de um carro, o cantar padrão de pneus e, em seguida, a porta voltou a se fechar e o silêncio retornou.

— Espero que nós não tenhamos feito vocês esperarem demais. — Desculpando-se, Sid Niceman curvou a cabeça.

Eu também dormi com Sid; ele é um tanto ou quanto mais velho, mas um eterno namorador e sedutor. Sempre o achei um homem fácil de se ter por perto. Temos as mesmas idiossincrasias de geladeira e fichários rotativos de endereços semelhantes; houve uma ocasião em que pensei que poderíamos ser casados e felizes. Ironicamente, eu agora sou velha demais para ele. Sid gosta de garotas muito novas e muito desinformadas, principalmente em relação a ele.

— Você conhece Sid Niceman, é claro — disse Jake.

— Claro. — Confirmei com a cabeça, levantei-me e nos cumprimentamos.

— E este é Alex Craft. Ele será o nosso consultor criativo, uma espécie de nosso pau para toda obra.

Sem hesitar, fiz contato visual com o amigo do modelo.

— Alex e eu já topamos um com o outro muito recentemente.

Todos os homens agora se enquadravam na categoria que as mulheres solteiras detestam admitir que exista; velhas cheias de sacolas sibilam sobre isso, mães em mercados param entre as gôndolas e cochicham a respeito, e qualquer cabeleireira lhe dirá o que é antes mesmo de pintar as suas raízes. Todos os homens são iguais.

Alex sorriu e balançou a cabeça. Olhei em volta da mesa. A delicada dança do sexo para a mulher de negócios bem-sucedida é um número de equilibrismo que ninguém deseja discutir. Existe o jargão jurídico e a lei contra o assédio, mas não há regulamentos sobre negócios e prazer. Há apenas ensaios. Sou muito respeitada nessas reuniões, embora normalmente fale muito pouco e concorde com os outros, pois tenho conseguido fornicar sem criar vínculos.

Alex falou sobre publicidade e Kevin declinou nomes de Hollywood com extraordinário exagero. Ele era um menino imprudente, que não usava rodinhas laterais na bicicleta. Jake baixou sua bola, jogando-lhe um biscoito gostoso, e em seguida falou sobre quem contratar para a decoração de interiores. Surgiram com uma lista de dez designers e eliminaram cinco de imediato. Eliminaram mais um, ao lembrar o péssimo trabalho que fizera em um lugar na Califórnia. Em seguida, o colocaram de volta na lista porque, na verdade, aquele não era "o território dele". Reuniões como essa, aliás, eram muito chatas, mas eu fingia interesse porque se tratava de um grande projeto, e era muito melhor do que estar sentada na minha escrivaninha. Significaria um aumento geral do lucro líquido anual, pois o restaurante seria um mostruário de peixes exóticos e exigiria um fluxo constante de importação de produtos frescos. Peixes refinados morrem com facilidade, e isso faria o dinheiro girar por causa de sua constante demanda.

— Está calada, Cece. E os seus dois centavos de contribuição? — quis saber Alex.

— Está mais para sessenta centavos de cada dólar de todos os homens. — Sorri e dei um gole no meu café. — Isso vale para mulheres que não ganham diamantes grandes. — Estendi a mão para pegar um dos meus *muffins* favoritos.

Sid deu uma palmadinha delicada nas grossas ataduras.

— Ao que parece, meu bem, você teve a sua chance. — Meu pai deve ter prevenido o pessoal, pois ninguém ficou surpreso com a minha mão.

— Vou ter que devolvê-lo, assim que desinchar. — Olhei para baixo, na direção das crescentes manchas amarelas e do azul da contusão; em seguida, passei a tamborilar com os dedos sobre a mesa, um exercício que o médico me mandou fazer.

Jake me transmitiu um rápido pesar e por um instante a mesa ficou sem palavras.

— Quando foi que isso aconteceu? — quis saber Alex. Uma pergunta que eu não havia respondido na noite anterior.

— Meu noivo cancelou o casamento e, quando ia segurá-lo para lhe dar uma estocada com o furador de gelo, a ponta atravessou a minha mão.

Todos, menos Kevin e Alex, gargalharam.

Sid sorriu afetuosamente. No princípio, quando meu pai e eu discutíamos por coisas sem importância, ao contrário dessa ocasião em que discutíamos coisas importantes, meu pai pedia a Sid para ficar de olho em mim; Sid tinha acrescentado as mãos.

— Você dormiu à noite? — perguntou Sid. Era uma pergunta e cabia a mim responder mas na minha cabeça eu estava fazendo as malas para a lua-de-mel.

— Desculpe, estou fazendo anotações mentais. Estou bolando umas combinações de peixes para a festa de inauguração, mas preciso checar as temporadas de desova deles.

— Retorne do oceano e nos diga o que acha de Perry para o design de interiores. — Houve um tom de alerta na voz de Sid que somente eu conseguia reconhecer. Ele tentava me dizer que alguém na mesa tinha ligação com Perry, tinha dormido com Perry, estava dormindo com Perry, trabalhara com Perry, o odiava ou o amava. O tom de Sid dizia: Pega leve.

— Randy Perry?

— Exa-tamente. — Jake foi cauteloso.

— Ele fez um trabalho legal no Madness Café. É ótimo em peças de época e faz bem o seu dever de casa. Deu um belo toque de pés com garras em toda a mobília do Big Tubs Bar and Grill. Vai depender do tipo de autenticidade que você queira dar, ou se está a fim de dar um toque cafona.

— Tudo isso vindo da moça que afirma conhecer apenas peixes. — Um sarcasmo combinado com elogio por parte de Alex.

Talvez Kevin e Randy Perry estivessem juntos. Como todos os bonitões de Hollywood, talvez ele não fosse hetero, mas não queria que seu fã-clube feminino soubesse. Suspirei e olhei intensa e gravemente nos olhos de cada um deles.

— A festa é mesmo de Alex. É um visionário e somente ele sabe quem pode ajudar a reunir todas as coisas para você. Nesse ponto, trata-se mesmo de uma química. Todos os designers mencionados conhecem o seu riscado. Perry tem o senso certo do equilíbrio... é bom no realismo e capaz de dar um toque de seqüência de sonho. Creio que conseguirá manter a decoração moderna sem cair no brega. Classe sem *kitsch* — acrescentei.

Algumas cabeças concordaram.

Sid apanhou a sua pasta.

— Precisamos discutir alguns aspectos financeiros.

— Se os cavalheiros não se importarem, vou dar uma olhada no vestíbulo para ver que tipo de tanques de peixes os alicerces agüentam.

Ninguém facilitou a minha saída da mesa, e rocei a bunda nos colos deles.

O vestíbulo ficava exatamente diante do bar e formava um semicírculo atrás da recepção. Se você se encontrava no salão de jantar, não conseguia ver lá fora; se o bar estivesse cheio de gente, você não conseguia ver lá dentro. Kevin, obviamente, esperava clientes famosos e queria escondê-los de seus piores inimigos: os fãs. O bar fornecia uma barreira natural para o salão de jantar. Para ver gente, você precisaria comprar uma bebida. Ele seria o limite onde os tanques poderiam ficar, e a despesa seria enorme, pois eles teriam que ir do chão ao teto. Eu não gostava de tanques que davam para a rua, como uma vitrine, pois deixavam os peixes nervosos. Como acontece com qualquer criatura sã, a cidade acabava por penetrar furtivamente e começava a debilitá-los.

Sid estava respirando na minha nuca.

— Não estava preocupada demais em relação ao seu negócio? — Deu-me uma mordidinha na orelha, antes de recuar.

— Eu quero o contrato. Vai me censurar por isso? Se ele tem alguma chance de sucesso... e terá, com George na cozinha, essa coisa toda poderá fazer muito pelo nosso negócio.

— Seu pai nunca confiou em modismos.

— *Sério*? Você devia ver o tipo de porcaria de consultoria que estamos fazendo para revistas de viagens. Era uma cidade diferente na época. Ele tinha clientes donos de restaurantes que permaneciam abertos durante décadas. O Quilted Giraffe fechou. Qual será o próximo? O Tavern on the Green? Ninguém mais vai a instituições, a não ser para ver a velha guarda. Tudo tem que ser novo. As pessoas mal se sentam antes de decidirem ir a algum outro lugar para a sobremesa — suspirei, percebendo o quanto eu parecia exausta.

Sid sorriu e colocou o braço em volta dos meus ombros.

— Eu gosto mais de você assim. Séria, faminta para conseguir o próprio sucesso. — Fez uma pausa. — Lamento por Steve.

— Eu também.

— É melhor eu voltar. O que vai fazer esta noite?

— Depilar as pernas e dormir cedo.

Uma sereia de Las Vegas seria ótima para a festa de inauguração; uma bela garota respirando por um tubo enquanto nadava e realizava truques.

— Catherine? — O hesitante trinado de Kevin.

— Me chame de Cece, por favor. Quer conversar sobre sereias?

— Elas concederão desejos?

— Não sabe que sereias de verdade são como mulheres? Só precisam de um homem para ajudá-las a adquirir pés. E então, com certeza, elas usarão esses pés para dar o fora.

— É por isso que ninguém mais as tira do mar? — perguntou brincalhão.

— Sereias dão muita mão-de-obra, e agora os homens andam viciados em encomendar pelo correio noivas da Ásia e da Ucrânia.

— Eu só queria agradecer pela sua honestidade em relação a Randy. Eu estava numa situação difícil. Você me ajudou a sair dela. — Olhou para o chão. — O meu irmão e Randy estão tendo essa coisa.

— Eu não fazia idéia — sorri. — Randy é talentoso. Não devia se preocupar com o que as pessoas falam. Você é quase um restaurateur nova-iorquino! Muito glamour. Uma porção de mulheres! — Dei-lhe um leve beliscão na barriga.

— Eu tive isso em Los Angeles.

— Esqueci que já é um astro. Só precisa do restaurante para pagar as suas esfoliações faciais e cirurgias para remover papadas.
— Fiquei imaginando se alguma vez a minha boca se conteria o tempo suficiente para ouvir o meu cérebro.

— Você sempre diz o que lhe passa pela cabeça?

— Infelizmente. Lamento muito — e era verdade.

— Quer dizer que nunca mentiu para mim? — quis saber ele, penetrando em meu espaço individual.

— Só para conseguir o que desejo. — *Todos os homens são iguais*, repeti em minha mente. Peguei sua mão e a segurei por um momento sedutor. Ele era bem apessoado, de um certo modo sintético. — É melhor você voltar para eles... podem pensar que está mais interessado em peixes comestíveis do que em fazer dinheiro. Isso os deixa nervosos.

— Me deixe um recado para nos reunirmos semana que vem. Você e Randy podem discutir o tema. — Ele piscou e executou uns pequenos passos de dança, ao se virar. Eu reconheci isso de um filme de que ele participou.

George veio em minha direção, pela cozinha. Nós mal nos falamos. Ele e eu ficamos parados encarando o salão e colocamos o braço na cintura um do outro. Como garotos voltando de uma reunião de ex-alunos do colegial, nos sentíamos velhos juntos. A transição de amante para amigo não era fácil, mas ele é um dos meus amigos mais importantes, que refletem honestamente o meu passado. Combatemos o impulso de fingir que poderíamos nos dar bem como casal, mas uma sensação adorável me domina quando estou com ele. Gostamos das mesmas coisas, apreciamos a boa comida, uma piada rápida, e o sexo era legal.

— Está pensando a mesma coisa? — perguntou.

— Acho que sim, mas não vamos estragar tudo expressando em palavras. Não estou muito forte, no momento, e gostaria de fingir que há algo para eu almejar.

— Talvez haja.

— Não quero destruir muito mais coisas na minha imatura juventude. — Sorri, ao usar uma expressão que a minha mãe costumava usar quando estava sendo voluntariosa.

— Quer dizer que talvez haja esperança, após o nosso segundo casamento fracassar?

— Me deixe pensar que foi apenas o primeiro. — Nós nos abraçamos por um instante.

George enrijeceu o corpo.

— Cece? Por que você acha que devora homens vivos? É como se você tivesse algo contra eles. São atirados em sua vida e, assim que os agarra, passado o medo de uma relação, você os acrescenta à culinária *diet*.

— *Culinária diet*? Você é o quê, um *chef*?

— Isso não foi um noivado. Foi o desejo da morte de Steve.

Fechei os olhos e George me abraçou novamente antes de voltar para a cozinha. Senti um enjôo. Café demais, sono de menos, muito papo sobre Steve e não havia o suficiente de mim mesma para segurar as pontas.

Alex se aproximou. Saiu do escuro, guardando um segredo em seu sorriso largo, e me beijou levemente no rosto.

— Você não mencionou *onde* teria uma reunião esta manhã. Ontem à noite, pensei que estivesse usando isso como desculpa para ir embora.

— Eu não preciso de desculpas. — Cruzei os braços sobre o peito.

— O que aconteceu de verdade com a sua mão?

— Eu a enfiei num espeto para recados.

— E a parte sobre o seu noivo?

— É tudo verdade. Ele se mudou ontem.

— Você se recupera com muita rapidez — comentou.

— Todo mundo precisa quebrar o encanto.

— Quando posso me encontrar com você?

— Dentro de um mês, mais ou menos, se eu ainda estiver a fim do Alex. Vou tirar férias nas ilhas, mas voltarei antes que tomem qualquer decisão séria.

— Já fiz bastante mergulho no mar do Caribe. Aonde você vai?

— St. John.

— Tem bons pontos de mergulho com *snorkel*... há lugares próximos com requintados parques subaquáticos.

— Se tem sol e rum, qualquer ilha é boa para uma lua-de-mel passada sozinha.

11

Juro Solenemente

Se agosto é uma dama à noite, durante o dia é uma prostituta. O sol estava alto e quente quando deixei o restaurante. Meu casaco de couro e a camisa de tamanho maior formavam uma combinação ridícula sob o calor repentino. Desci a Quinta Avenida, passando pelas caríssimas lojas que seguiam as últimas tendências da moda e que haviam se multiplicado acima da Rua Quatorze.

Um par de lustrosos mocassins de couro de jacaré atraiu a minha atenção. Ao me virar em direção à vitrine, perdi o equilíbrio e escorreguei nas passadeiras de borracha que tinham sido lavadas e secavam do lado de fora. Por um momento, quase saio deslizando sobre as frias e úmidas passadeiras, improvisando a brincadeira de escorrega, uma diversão favorita da infância para se refrescar no calor da cidade. Eu me sentia tão ridícula em meu jeans ensopado e casaco pesado, que saí andando em ritmo de jogging por toda a avenida, suando às pencas.

Minha respiração estava ofegante e as pernas cansadas quando cheguei ao Washington Square Park. Fiz sinal para um táxi e fiquei observando a cidade passar, enquanto fazia o caminho de volta a *downtown*. A partir do porto marítimo, quase tudo, exceto o distrito financeiro, é "*uptown*". Quando a South Street Seaport foi construída, era insuportável a princípio. Uma invasão de investidores, construtores e arquitetos criaram uma passarela de lojas graciosas e áreas turísticas. Finalmente, o olho se acostumou à nova população: turistas e ternos que se juntaram aos guarda-pós manchados de sangue e velhas botas de borracha. Foi um movimento difícil de deter; não apenas o porto perdeu o seu fulgor em Nova York, como a Little Italy se tornou mais amável, o Upper West Side ficou na moda, e TriBeCa deixou de ser árida.

Quando entrei no escritório, Chelsea estava com os braços cruzados sobre o peito e os lábios apertados em sinal de desaprovação. Seis homens se encontravam sentados na sala de espera. Não eram modelos, mas poderiam ser. Ainda vestiam jeans preto e couro e tinham belos cabelos.

— Oi, eu tenho um encontro marcado com... uma dona... acho que ela disse se chamar Lacey — falei, com a cabeça baixa.

— Ela anda enfrentando problemas com Hong Kong — disparou Chelsea. Nós sempre usávamos Hong Kong como uma falsa referência quando tentávamos conversar em público sobre algo particular. — A Srta. Lacey me disse que, se você quiser olhar o apartamento para alugar, eu posso levá-la ao andar de cima.

— Oh, que bom! Muitíssimo obrigada.

Chelsea disse aos homens que esperavam que não ia demorar muito mais, pois eu já tinha conseguido falar com os meus contatos aduaneiros. Na escada, comecei a me despir.

— Você já tomou muito café? — Ela sorriu e sentou-se no sofá para fumar um cigarro.

Larguei no chão o jeans molhado.

— Cadê o meu pai? — perguntei.

— Não vem hoje. Ele disse que estaria aqui quinta-feira, na hora do almoço, para você poder ir para a Pensilvânia depois da consulta com o médico. — Chelsea aprumou-se um pouco e avaliou os espaços vazios sobre a mesinha de centro. — O que está faltando? — quis saber.

— As coisas de Steve.

— *Ele* já ligou.

Girei o corpo, nua, e a encarei, descrente.

— Quem ligou?

— O tal modelo de ontem. Você sabe que nunca esqueço uma voz. Um rosto, com certeza, mas nunca uma voz.

— Pensei que você tivesse dito que Steve ligou.

— Ele também ligou. Só que eu achei mais interessante o tal modelo ter telefonado.

Contente, fugi para o outro aposento.

— Nada de fugir! Temos um dia infernal, e você vai me odiar às cinco da tarde. Agora, mexa-se — gritou indo atrás de mim.

Ao descermos a escada, falei com duas vozes diferentes, a minha e a da mulher imaginária que procurava um lugar para alugar. Chelsea nos interrompeu, abriu a porta e ambas fingimos nos despedir.

— Boa garota. Não achou, Chelsea? — perguntei, ao entrarmos na sala cheia de fotógrafos.

— Ela me pareceu jovem demais. Do tipo que gosta de ficar fora a noite toda.

Sorri.

— É melhor ficar fora a noite toda do que fazer barulho em casa.

— Bem pensado. — Ela estendeu a mão e gesticulou na direção da minha sala. — Temos um trabalho a fazer.

— Quem é o primeiro? — Mantive aberta a porta da minha sala.

Os do primeiro grupo foram fáceis de serem dispensados, pois usavam muito reflexo e sombras para causar efeito, e isso fazia tudo parecer como se estivesse voltando da morte. Segui cambaleante pelas entrevistas seguintes, fazendo as perguntas certas, mas sem me impressionar. O último agente que recebi foi Eddie, que tinha olhos profundos de inseto, cabelos pintados cor de avelã e um cair de queixo calculado mas tímido. O fotógrafo era argentino, Miguel, e falava com um sotaque tão forte que mal conseguia entendê-lo. Todo o material contido em seu portfólio tinha um suavizante estilo tropical. Havia uma preguiçosa sensação de fundo que emitia calor. Mesmo tendo ficado impacientes por causa da espera, eles se mantinham educados e profissionais. Folheei várias vezes o portfólio, desfrutando por inteiro a essência das imagens; só após repassar as imagens pela terceira vez notei a foto do modelo com quem eu havia dormido na noite anterior. Eles observavam cuidadosamente a minha expressão.

— Algo de que gostou? — indagou Miguel, com o seu forte e obscuro sotaque.

— É alguém que conheço. — Sorri por dentro.

— É Alexander! Somos bons amigos. Ele fica comigo, quando vai trabalhar na Costa Oeste. Como é que o conhece?

— Sou amiga da ex-mulher dele. — Sorri. — Os cavalheiros estão interessados em almoçar comigo? Por aqui, só dá frutos do mar e saladas, mas conheço os melhores lugares para ambos.

Os olhos do agente se iluminaram. Nós dois éramos dois agenciadores de contratos, e um almoço era um sinal de que as coisas iam bem.

— Chelsea?

— Sim?

— Que tal um almoço? O de sempre para nós, e peça mais duas porções. Descubra o que Frank entregou esta manhã. E, por favor, nada de salmão, apenas atum ou garoupa. Diga que é para mim. Água com gás também.

Eddie me lançou um olhar penetrante. Ele era bonitão demais para ser do tipo cachorrinho, mas pequeno demais para evitar ser chamado de garotão. O fotógrafo era um pouco mais másculo, mas também tinha um aspecto infantil que me fez pensar que ele curtia construir castelos de areia.

— Vocês gostam de castelos de areia? — indaguei.

— O quê? — Eles se entreolharam.

— Castelos de areia. O que eu quis dizer é que, com todas essas locações, praias, litorais, vocês devem ficar muito tempo esperando. Imagino que talvez sejam bons em construir castelos na areia.

— Mulheres constróem castelos. Homens cavam buracos.

— Pensei que fossem os cachorros — comentei, e ambos sorriram.

Enquanto esperávamos o almoço, Miguel folheava o seu portfólio, o que provava o quanto ele gostava do próprio trabalho.

— Esta é uma das minhas favoritas — revelou.

Era uma cena de praia com uma grande paisagem da área e roupas caras molhadas grudadas nas modelos dentro do mar. As mulheres pareciam glamourosas e descontraídas, estonteantes e femininas, fortes e delicadas.

— Gostaria que fosse eu — suspirei.

— Você não vai comandar a viagem?

— Não, essa é uma história que parece ter surgido na sala de espera. Estou apenas mapeando o itinerário e dando sugestões para uma pesca esportiva de verdade.

— Vai ter mergulho? — quis saber Eddie.

— Hoje em dia, todo mundo adora mergulhar — respondi, exasperada. — Eles estão pagando a viagem do agente?

— Não, eu só vou usar o quarto do hotel. Isso, é claro, se você decidir trabalhar com a gente — aventou Eddie, sedutor.

— *Se* eu decidir trabalhar com vocês? Eu apenas faço sugestões. A palavra final é de Tulley.

— Mas "sua pesado" — disse Miguel.

Seu erro gramatical me fez sorrir.

— Já sei o que é! — exclamou Eddie.

— O que foi? — perguntei.

— Já vi você antes.

— E?

— Você vai se casar. Eu vi a foto neste fim de semana. — Ele chegou quase a me dar parabéns.

Chelsea tocou o interfone.

— Almoço? — perguntei, quase ofegando.

— É ele.

— Ele quem?

— É Steve.

— Não vou atender. Sobre o que ele deve querer conversar?

— O anel.

Chelsea estava exasperada. Eu tinha certeza de que a sua pose ia desmoronando quanto mais ela me passava telefonemas sobre o cancelamento do casamento. Pressionei a base das mãos contra os globos oculares, para deter uma dor de cabeça que se aproximava.

— Por favor, por favor, Chelsea, livre-se dele.

— Vamos fechar o escritório logo depois do almoço.

— Qualquer coisa, qualquer coisa, mas não posso falar com ele neste exato momento.

Esfreguei os olhos com força, até ver borrões verde, vinho, cor-de-rosa e roxo.

— Eu fico meio mal-humorada quando estou com fome. — Eles menearam a cabeça em uníssono. — Estou segura de que vocês não hostilizarão os homens em quem confio. No que me diz respeito, o serviço é de vocês. Dito isso, agora posso deduzir a despesa do nosso almoço. — Estiquei-me e recostei-me na minha enorme poltrona de couro.

Na minha sala, com o deprimente cheiro de diesel e peixe podre, eu estive no controle por apenas um momento.

Durante toda a quarta-feira, Chelsea e eu organizamos o escritório, listamos compromissos, fizemos anotações, avaliamos o que poderia dar errado enquanto eu estivesse de férias e nos preparamos o máximo possível para desastres que não esperávamos. Quando trancamos o escritório, era cedo e eu estava completamente exaurida.

A fim de tomar um banho adequado e evitar que a água molhasse as ataduras, envolvi a mão em um saco plástico e prendi as pontas no pulso com fita adesiva. Já tinha quase envolvido o rolo de fita prateada em torno do pulso quando ele escorregou da beira do saco e caiu no chão. Ao olhar em volta à procura do rolo, notei que Steve tinha deixado para trás uma pequena quantidade de pêlos púbicos nos ladrilhos do banheiro.

Seus restos íntimos em minha vida me irritaram. Desejei apagar completamente a sua presença e rebobinar os anos que tinha passado com ele, para me depurar do constrangimento. Corri para a cozinha, mantendo a mão enrolada no plástico, e enchi dois baldes com alvejante e desinfetante odor limão: uma mistura mortal, se eu a inalasse por muito tempo. Varri do chão fiapos, alface ressecada e pedaços de rolhas, esfreguei latas de atum, ervilhas, milho, sopas instantâneas, e feijão. Tudo foi depurado dos resíduos poeirentos e etiquetas de preço grudentas do supermercado. Rearrumei as prateleiras e formei pilhas separadas para legumes, massas, molhos e sopas.

Abri os compartimentos que continham pratos, xícaras, copos e velhos canecos de cerveja de plástico que Steve recolhia em jogos de futebol e eventos esportivos. Enfiei toda a louça na lavadora e esfreguei cada cantinho com mais alvejante, antes que os vapores começassem a me sufocar.

Um enorme saco de lixo ia preso com vários pregadores de roupas às presilhas da cintura do meu jeans. No banheiro, alvejei a pia, o vaso e o box, observando os restos de cabelos e as manchas de urina desaparecerem. Joguei fora uma lata de creme pós-barba, talco para pé de atleta, um barbeador, um tubo de desodorante, um cortador para pêlos do nariz, um tubo de pomada para hemorróidas e um pequeno pente de um estojo de companhia aérea. Enquanto as prateleiras de vidro do armário permaneciam mergulhadas em alvejante, chequei toda a maquilagem velha e a joguei fora.

No quarto, encontrei camisinhas fora do prazo, lubrificante íntimo e uma pequena pilha de revistas masculinas entre o colchão e o estrado de molas. Cada uma das mulheres nas capas tinha seios enormes e impecáveis bundas aveludadas. Ao folheá-las ao acaso, fiquei igualmente pasma e horrorizada. Cada modelo tinha pequenos tufos de pêlos púbicos perfeitamente triangulares ou pêlo nenhum. Quanto mais examinava as fotografias, mais eu achava injusto tentar viver de acordo com aquelas imagens. Na verdade, era muito pior; agora, ao sair com um homem, me perguntaria se cada um deles queria um ânus depilado e peitos inflados e bronzeados. Com um estremecer do corpo, joguei todas as revistas no saco, incapaz de colocá-las no lixo para reciclagem, para as pessoas roubarem ou deixarem espalhadas diante da minha porta.

Na sala de estar, liguei o som e dancei ao ritmo dos maiores sucessos de Aretha Franklin. Abri uma garrafa de vinho, com cuidado para que nenhum pedaço de rolha caísse no agora imaculado balcão de fórmica. Cantando a plenos pulmões, joguei almofadas para o alto, lancei fora todas os velhos cadernos de esportes de jornais e limpei as prateleiras onde Steve havia deixado enormes lacunas na minha coleção de discos. Após colocar os CDs em ordem alfabética, passar o aspirador entre cada almofada do sofá e lavar o filtro do ar condicionado, sentei-me e fiquei imaginando o que fazer com os quatro enormes volumes formados por livros de etiqueta e revistas de casamento que haviam juntado uma extraordinária quantidade de poeira.

Primeiro, espalhei as revistas de noivas em um canto da mesinha de centro. Em seguida, coloquei uma em cima da outra, por ordem de tamanho. Só de farra, coloquei a pilha ao contrário, para ver se ela se equilibrava; quando ela caiu, logo de imediato, festejei servindo-me outra taça de vinho. Empilhei os livros e as revistas, tentando me lembrar quais eu comprara em primeiro lugar e por quê. De onde eu tinha tirado a idéia de usar um vestido, se tenho apenas uma saia e detesto qualquer coisa com renda ou bordado? Folheei rapidamente as páginas de cada revista, à procura de padrões, idéias e conceitos que eu tivesse tirado de algum artigo ou foto legal, e depois adaptado à minha vida. Rasguei, arranquei, virei pontas e dobrei páginas até as revistas se partirem nas lombadas e se desfazerem. Escrevi com pilot preto o nome de Steve nas folhas arrancadas e as piquei em pedaços, cantando "Set me free" (Me liberte). Ri e dancei em volta dos pedaços cantando "You don't own me!" (Você não é meu dono!). Ao me dar conta de que precisava urinar, baixei o jeans e me acocorei sobre as imagens picadas. Gargalhei tão forte, ao me imaginar urinando em cima da pilha, que, em vez disso, caí para o lado e derramei o meu vinho sobre ela.

Ao voltar do banheiro, decidi não rasgar os livros de casamento. Talvez algum dia eu viesse a precisar deles, e somente essa idéia me fez perceber que, apesar de toda a minha rudeza, a minha grosseira gíria de botequim e o comportamento que deixava a desejar, algum dia ainda ia querer me casar. Para abrir espaço na estante, joguei fora seis volumes de ficção barata escrita por advogados para outros advogados. Sentei-me na poltrona favorita de Steve e admirei a minha obra. O apartamento estava limpo e quase livre do cheiro dele. A pequena pilha de páginas de revistas ensopadas era o único vestígio de desordem.

Um homem com unhas feitas não serve para uma mulher que limpa o próprio banheiro. Uma mulher que evoluiu de calças pesca-siri de algodão bruto para ternos não pode ficar com um homem que, ao fazer dezoito anos, ganhou uma carteira de ações. Paixões e diferenças criam desejo, mas uma coisa diferente nunca deve ser confundida com algo permanente e, da mesma forma, uma coisa que se encaixa nunca deve ser confundida com algo que funciona.

— Alô? — falei no quarto escuro, ao atender com dificuldade o telefone.

— Estava dormindo? — indagou Susan.

— Não, sim, não tenho certeza.

— Ligo depois?

— Não, não. Eu estava fazendo uma faxina e me sentei para descansar um instante. Acho que adormeci.

— Você vem amanhã, não é mesmo?

— Assim que o médico acabar de verificar a minha mão. Por volta de uma hora.

— Ótimo. Você pode trazer Brittany?

— Hã? Faculdade? Boston? Lésbica?

— Sim, mas você sempre tem que falar isso? — perguntou Susan.

— Estou apenas descrevendo as características; local, personalidade, como ela conhece você.

— Bem, ela não me conhece *desse* jeito.

— Ela pode me encontrar aqui?

— Ela não conhece Nova York direito.

— Mande tomar um táxi.

— Não pode apanhá-la na estação de trens?

— Susan, isso é loucura. *Midtown*? Vou ficar horas presa no trânsito.

— *Por favor*... a namorada acabou de romper com ela.

— Não está querendo dizer a *companheira da vida inteira*? — observei com sarcasmo.

— Obviamente não é mais.

— Ugh. A que hora chega o trem dela?

— Uma e quarenta e dois, de Boston.

— Diga para ela procurar a placa da Twisters Donuts. Eu estarei lá.

— Ei, por que vocês duas não dividem o quarto do hotel?

— Por quê?

— A namorada dela não vai vir e o seu ex-qualquer coisa também não. Por que não dividem um quarto, já que vão ficar no mesmo hotel?

— Eu estou cansada e irritada, mas tenho a ligeira impressão de que essa não é apenas uma idéia para se economizar uns trocados — argumentei.

— O *que* você quer dizer?

— Lembra quando fui ver você na peça do curso secundário? Você tinha algumas falas sobre as estrelas e atravessava todo o palco.

— Sim.

— Continua sendo uma péssima atriz, Susan.

Seguiu-se um longo silêncio e uma inspiração profunda.

— Eu apenas não quero que nenhuma das duas fique sozinha. Tanto você quanto ela não são o tipo de mulher que vai procurar ajuda, e as duas estão um pouco fragilizadas no momento.

— Eu a apanharei na estação, dividirei o quarto, serei boazinha, mas não vou botar os bofes para fora e chorar no ombro dela.

— Ficou chateada por eu dizer que está fragilizada?

— Não. Só quero desligar o telefone.

— Olhe, não esqueça de trazer um sarongue.

— O quê?

— Aquela coisa que parece uma saia comprida que compramos no México. O tema da festa de despedida de solteira de amanhã à noite é asiático.

— Não era para você saber disso.

— É, mas a minha irmã não consegue guardar um segredo. — E isso, eu sabia, era verdade.

— Não esquecerei o meu sarongue — suspirei.

— Eu te amo — falou com sinceridade.

— Não importa como eu seja? — perguntei.

— Não seja chata.

— A gente se vê amanhã.

Recolhi as revistas molhadas e derramei desinfetante no assoalho. A tinta com que estava escrito o nome de Steve havia se espalhado e criado uma grande mancha abstrata na madeira, que precisou ser esfregada para sair. Pus lençóis limpos na cama e organizei o meu guarda-roupa por cores. Sobre a poltrona, coloquei várias roupas e apetrechos que poderia usar durante o fim de semana, juntamente com algumas idéias para a minha viagem de lua-de-mel. Penei em arrumar a mala, mas a minha mão estava enrugada e suada por ter ficado muito tempo dentro do saco. No dia seguinte, o médico me daria uma bronca, mas eu não queria voltar para um apartamento que tivesse vestígios de Steve ou de nossa vida em comum. Ajustei o despertador para bem cedo, a fim de eu poder ir à Tifanny's e cortarem o anel antes da consulta com o médico. Fora a tira de platina, eu tinha certeza de que a pedra podia ser salva.

Na manhã de quinta-feira, minha mãe se movimentava silenciosamente pelo apartamento antes de o despertador tocar. Senti o cheiro do café e do seu perfume de lilás superando o do alvejante. As roupas que eu havia deixado sobre a poltrona estavam arrumadas em duas malas. Foi um gesto generoso dela chegar cedo, mas fiquei preocupada com o fato de meu pai estar no andar de baixo depredando o escritório.

— Mãe?

Ela enfiou a cabeça no meu quarto.

— Café?

— Quero, mas vou levantar.

— Não, não, fique na cama.

Afofei os travesseiros e olhei pela janela. O dia estava claro e brilhante. Por volta do meio-dia, o calor seria insuportável. Dirigir até o centro da fumegante Pensilvânia não era a minha idéia de um modo fácil de passar o dia. Suspirei fundo.

— Cansada? — perguntou a minha mãe.

— Muito.

Ela me entregou uma xícara de café e sentou-se na poltrona próxima ao canto da cama.

— As minhas roupas estão ali? — apontei para as malas.

— A menor é para o fim de semana, e a maior é para a lua-de-mel. Quando chegar ao aeroporto, deixe a menor na mala do carro.

— Mãe, agradeço essa mostra de afeto... eu não estava a fim de fazer as malas... mas tem certeza de que lembrou de tudo?

— O que quer que eu tenha esquecido você pode comprar.

— Onde está o meu vestido de dama de honra?

— Na capa protetora, junto com aquela echarpe estampada.

— Sarongue — corrigi — A casa não parece limpa?

— Impecável. E também cheira a alvejante. Deu um ataque de limpeza?

— Apenas uma espécie de "*lavando aquele homem para fora do meu cabelo*".

Ela deu uma risada constrangida.

— O que foi? Há alguma coisa perturbando você. O que é? — inquiri.

— É apenas impressão.

— Você quer falar alguma coisa. O que é?

— Nada — refutou.

Ficamos em silêncio. Fiquei à espera, vendo o sol sobre a água. Quando o reflexo ficou ofuscante, levantei da cama.

— Preciso do endereço do cofre de segurança, para depositar o anel — falei, dirigindo-me para a cozinha.

— Sua mão ainda parece inchada.

— Vou mandar cortar fora.

— A mão toda?

— Amputação total, assim que eu me vestir.

— São seis da manhã. Apenas os peixeiros estão acordados.

— Vou esperar do lado de fora da Tiffany's e implorar para que cortem o anel.

— Por que a pressa? — perguntou, seguindo-me para a cozinha.

— Meu relacionamento acabou, e não quero usá-lo. Não me importa se o anel ficar danificado. Devolverei a pedra, e ele poderá mandar fazer outro engaste. Não quero levar o meu *ex-anel de noivado* para a minha *ex-lua-de-mel.*

— Quer comer alguma coisa? — ela indagou.

— Não, estou bem!

— Não grite comigo só porque está cansada.

— Não estou gritando. Você está me tratando como a criança que eu nunca fui. Nunca fez as minhas malas, preparou um café da manhã ou se preocupou com as minhas consultas ao médico.

— Você sempre foi a minha criança. Eu apenas tinha medo de ser a sua mãe.

— Eu cresci como um estranho menino do cais do porto porque você tinha medo de ser minha mãe?

— Sim.

— Do que diabos tinha medo? — Tentei não gritar. Baixei a vista para o meu café. — Esqueça — pedi.

— Eu tenho algo para falar — disse ela.

— Não é uma boa ocasião. — Levantei-me e fui para a sala. Minha mãe continuou nos meus calcanhares.

— Agora você vai ouvir. Quero que pare de me culpar por eu ter lhe dado tão pouca atenção quando era criança.

— Mãe?

— Estou farta de ver você acreditar que todas as suas qualidades são defeitos.

— Está maluca — exclamei e fui para o quarto me vestir.

— Pare de fugir de mim. Tudo o que você sempre quis foi uma resposta direta, e vai tê-la.

Parei e encarei minha mãe.

— Quando minha mãe morreu, jurei nunca mais amar daquela maneira.

— É, você fez um ótimo serviço — observei, e imediatamente me dei conta de que seria algo do que iria me arrepender por muito tempo.

— Se você fosse homem teria sido diferente. Quando o seu pai e eu nos conhecemos, nos apaixonamos porque reconhecemos o sofrimento um do outro. Éramos diferentes das outras pessoas da nossa vizinhança. Queríamos mais desta vida, e eles nos faziam sentir culpados por causa disso. Fomos marginalizados em nossa comunidade, pois optei por ter um filho e, de jeito nenhum, eu achava que devia sacrificar tudo em mim mesma, como mulher, depois que me tornei mãe.

Nos fragmentos de minhas lembranças, também pude ver o meu avô fitando os meus pais com mirrados olhos desconfiados, seguindo os seus movimentos enquanto os dois esperavam que ele morresse.

— Aparentemente, você pensa que o seu pai e eu não nos amamos. Nós conhecemos um ao outro muito melhor do que você jamais vai entender. A nossa geração era transigente. Íamos trabalhar; alimentávamos os nossos filhos e os nossos pais. Esperamos por guerras que destruíram os nossos sistemas. Éramos felizes por ter comida sem ser preciso roubar.

— Portanto eu deveria ter me casado com Steve porque ele e eu teríamos uma bela e segura vidinha no country club?

— Não, mas precisa deixar de acreditar que aí fora existe um relacionamento perfeito à sua espera. Nos relacionamentos as coisas são mais difíceis do que imagina.

— Se eu abandonar a idéia de que existe alguém perfeito, talvez seja melhor eu ligar para Steve antes que a gente perca a reserva do salão de casamento.

— Cece, eu não acho que Steve seja a pessoa certa para você, mas creio que está procurando uma coisa que não existe.

— Mãe, só porque você se acomodou, não quer dizer que eu também precise fazer o mesmo.

Os olhos dela ficaram repletos de fúria antes de gritar:

— Como pode viver nessa ilusão, se eu criei você para ser uma mulher prática!

— Mãe, você me deixou largada, você não me criou.

— Eu deixei você perceber as coisas. Dei-lhe o espaço para se tornar você mesma, e tudo o que faz é reclamar por eu não ter estado presente para enfiar os meus valores por sua goela abaixo. Você teria gostado do meu pai? Meu pai era um sacana profundamente honrado, religioso e temente a Deus, que me estrangulava com suas opiniões. Ele era um homem que, todas as noites, me colocava sentada ao lado dele e me dava um tapa na cara toda vez que eu errava uma palavra em uma prece.

— Desculpe. Não tive intenção, quando falei sobre você se acomodar.

— Teve sim, Cece. Conheço você. Eu gostaria que, pelo menos uma vez, você conseguisse ver o que fizemos por você. Cuidamos para que você pudesse se manter sobre os próprios pés. Cuidamos para que soubesse como argumentar com o seu próprio pensamento, defender as suas opiniões e, acima de tudo, pensar por si mesma. O que nos surpreende é a freqüência com que você se sente abandonada.

— Se você me ensinou a reagir a tudo o que eu ache opressivo, por que não consegue entender o fato de eu não me casar com Steve?

Ela inspirou profundamente e deixou os ombros caírem bem fundo na decepção do seu corpo envelhecido.

— Meu bem, eu fico feliz por você reagir. Eu só quero que pare de acreditar no conto de fadas de que existe um Príncipe Encantado. A idéia que você faz de um relacionamento é irreal. Todos os homens cometem erros, todas as mulheres cometem erros, nós somos imperfeitos, fazemos opções erradas, e então tentamos corrigi-las através do álcool, das compras, da mentira, dos casos extraconjugais, ou impondo as nossas crenças aos nossos filhos.

Minha mãe estava derrotada. Obviamente, havia acreditado que somente os príncipes eram perfeitos. O que ela não entendia era que tinha me ensinado exatamente o que sempre desejou. Embora eu esperasse a combinação perfeita para as minhas exigências e idiossincrasias, não achava que isso tornasse o homem infalível.

Levantei os olhos para a minha mãe e a vi como a mulher de que eu gostara nas últimas semanas. Era engraçada, inteligente e charmosa. Ela me fizera rir quando eu me encontrava chateada. A mulher que vim a conhecer como minha mãe durante a ocasião em que o meu noivado se desintegrava era a tal que o tempo todo eu teria escolhido. A tal de que gostei por preparar cerveja e ovos para o meu café da manhã e que me forçou a sair para jantar quando o casamento foi cancelado. Ela viera me visitar depois que Steve se mudou e veio me ajudar a fazer as malas para o fim de semana. A mãe que acreditava em defeitos era a que eu gostava. Se eu tinha amadurecido de verdade, precisava ver os meus pais como eles eram realmente, e ali estava ela, parada diante de mim.

— Mãe, estou feliz por você ter deixado eu sacar quem eu era sem muita interferência.

Minha mãe envolveu os meus ombros com os seus finos braços musculosos e me embalou lentamente.

12

Mãos Frias, Coração Quente

Depois que eu desembrulhei a mão, o sujeito do balcão da Tiffany's girou-a para lá e para cá debaixo de uma lente com projeção de luz, ajustada em sua cabeça. Se eu olhasse para a fonte de luz através da lente, seu olho saltava da órbita, como o de um sapo. Ele estava no meio de um longo discurso sobre a importância do design do anel quando notei um homem bem vestido pairar sobre nós. O alinhado homem de paletó pediu para irmos com ele até uma sala de estar privativa no segundo andar.

— Qual é a dele? — perguntei.

— Testemunha — explicou o avaliador.

O aposento tinha apenas uma mesa de reuniões e rebuscadas cadeiras com falso bordado elisabetano. Era como se alguém tivesse encomendado uma confortável cadeira de escritório para ser forrada com uma imitação de tecido do século XVI.

O homem bem vestido falou.

— Devo explicar o aspecto legal do nosso confinamento em função do seu pedido. Deixe-me...

— Você é advogado, não é mesmo? — perguntei.

— Correto. Deixe-me apresentar...

— Não me interessa quais são os aspectos legais e não dou a mínima se o anel explodir em pedacinhos de vidro que se cravem no meu olho.

— A senhora precisa entender que não temos obrigação de retirar o anel, mesmo ele tendo sido adquirido aqui — informou friamente o advogado.

— O *senhor* precisa entender que eu sou uma mulher irritada com muito pouca paciência para a política praticada por vocês. — Eu começava a entender por que as pessoas têm uma profunda antipatia pelos advogados.

— Nós, da Tiffany and Company, não praticamos nenhuma política. Nós simplesmente permanecemos fiéis aos nossos clientes. — Ele torceu o nariz e fechou os olhos rapidamente para que eu não notasse o modo pelo qual desviou o olhar para o chão. Só um bom mentiroso pega um mau mentiroso, e eu o peguei. Obviamente, era a Steve que eles eram fiéis. Ele estivera ali e prevenira a Tiffany para não cortar o anel. Foi um lapso de minha parte não ter percebido claramente o fato de o cofre de segurança ter sido alugado no banco do outro lado da rua. Os dois homens me observaram atentamente quando me recostei na cadeira e inspirei fundo.

— Deve haver mais alguém com quem eu possa falar — eu disse.

— Temo que...

— Pois eu não. Chamem outra pessoa.

Os dois deixaram a sala, produzindo pequenos ruídos de desagrado com a respiração. Comecei a mexer em um pequeno estojo de lápis de veludo preto ao lado de uma lupa instalada no canto do aposento como se fosse uma mesa de manicure. Havia afiados instrumentos cirúrgicos que pareciam ferramentas usadas por um dentista. Furadores, colheres, pás, pequenos alicates, limas, facas e uma pequenina serra afiada se ofereciam a mim, implorando para serem usados. Dei uma olhada para a porta aberta, onde havia parado um guarda desinteressado, e silenciosamente arrastei a mesa de ferramentas com rodinhas para o meu lado direito.

O calor tinha inchado o meu dedo a caminho dali, mas o revigorante ar condicionado das salas levou a umidade do meu corpo para os respiradouros, e o anel estava frio. Enfiei o dedo na boca e babei em volta do engaste.

Fechei os olhos e pensei em todas as revistas que eu tinha jogado fora na noite anterior, as tais que Steve havia guardado debaixo do colchão. À medida que a minha temperatura interna aumentava, pensava em pedir ao joalheiro para sair, quando ele e o advogado voltassem; a seguir, pensei em deslizar a mão pela coxa do advogado, enquanto ele falava distraidamente o seu jargão jurídico, deixando-a pousar sobre o seu membro e senti-lo intumescer, imaginei-me montando nele na régia cadeira de escritório... Enfiei a mão dentro da calça, bem fundo, na parte excitante entre as pernas. O dedo aqueceu com a umidade ao mesmo tempo em que eu vigiava a porta. Podia ouvir o suave mantra monótono de vozes femininas atendendo telefonemas para vendas por catálogo. Retirei os dedos cuidadosamente de dentro da calcinha e deslizei a pequena serra dentada entre o dedo umedecido e o anel. Minha mão deixou uma marca pegajosa sobre a mesa lustrada. Manejei a serra para a frente e para trás, mantendo uma fricção constante. Gotas de suor se formaram no meu lábio superior, e a mão direita se comprimia diante da ação da pequena ferramenta. Uma pequena ranhura se formou na tira do anel, o que me permitiu espaço suficiente para forçá-lo para cima até o nó do dedo. Uma dor aguda percorreu o meu antebraço quando tentei empurrá-lo mais adiante.

Alguém passou pela porta sem mesmo olhar para dentro. A vantagem de estar em uma sala de reuniões de executivos era a fingida e educada ignorância de minha existência pelo resto da equipe. O guarda deve ter ouvido os meus grunhidos, mas o serviço dele era ser discreto e evitar contato visual.

Imaginei ter de usar o anel até a mão sarar por completo. A pequena ranhura que eu havia serrado beliscava, e a pressão levou embora o sangue da pele abaixo do nó do dedo. Eu não queria pensar em Steve, mas pensei. Não estava zangada com ele, apenas com o que havia acontecido entre nós, e a minha raiva era de mim mesma, pois sempre tive a opção de confrontá-lo e evitei fazer isso. Detestava mais do que tudo o modo severo como havia julgado a mim mesma, e diante de Deus eu implorava para me livrar de minha auto-insatisfação. Queria amar minha rebeldia e independência e parar de detestar os seus efeitos. Balançando para a frente e para trás, comecei a recitar Não odiarás, não odiarás, não odiarás, não odiarás, não odiarás.

Ao forçar a fina pele do meu dedo com uma pequena pinça, pedacinhos de pele foram arrancadas sob a tira do anel. Para me distrair da dor, gritei a plenos pulmões "*Não odiarás! Não odiarás! Não odiarás!*". Quando, finalmente, forcei o anel a passar pelo nó do dedo, a dor excruciante foi um contentamento. O sangue palpitante da circulação penetrou em cada fenda do meu corpo e surgiu um fácil e ritmado latejar no interior da mão sem o anel.

Duas mulheres das vendas por catálogos surgiram no vão da porta.

— Sente-se bem, senhorita? — perguntou uma garota baixinha que obviamente tinha se deslocado de outro lugar para ali.

Abri um largo sorriso, apertando o anel na mão direita o máximo que conseguia.

— Estou muito bem, obrigada.

— Quer que a gente chame um médico? — sugeriu uma ruiva alta vestida formalmente.

— Não, eu já estou mesmo de saída. — Deixei o prédio com o olhar confiante de uma mulher cujo limite de crédito havia sido aumentado.

Segui correndo pela avenida com o anel preso dentro do punho cerrado. O diamante estava fosco e emocionalmente embaçado quando o coloquei no veludo preto do cofre de segurança. Esse anel sobreviveu a algo que outra coisa talvez não sobrevivesse, e eu também.

O médico ficou horrorizado com a infeção que secretava do ferimento quando o limpou. Fiquei encantada ao ver minha mão expelir os últimos bocados da presença de Steve em minha vida. O médico lavou, esfregou, voltou a lavar, desinfetou e limpou a mão até que o pus que vertia dela se tornasse limpo e transparente.

Admirei o modo criativo como ele envolveu a atadura para que ela ficasse uniforme na mão. Ele havia cortado fora os dedos de uma luva cirúrgica cor da pele para proteger o curativo e me permitir o máximo de movimentos possíveis durante o casamento. O enfermeiro me forneceu várias ataduras e luvas cortadas, para a minha lua-de-mel. Enquanto eu esperava em meu carro, do outro lado da rua da Twisters Donuts, à procura de uma mulher que pudesse ser Brittany, concluí que meu médico era homossexual. Durante todos aqueles anos percebendo suas unhas perfeitamente lustradas e o odor de seus delicados cremes para as mãos, nunca me ocorrera que todos em seu consultório eram homens. Eu costumava me gabar quando ia ao seu consultório, pois ele era requintado, e os seus enfermeiros, bonitos e divinos. Despir-me diante deles era uma fantasia que, quando menina, muitas vezes me distraiu dos deveres de casa. A vida agora era um quebra-cabeças que se metamorfoseava. A gravura mudava toda vez que eu encaixava uma nova peça.

Uma linda loura com um conjunto de malas caro instalou-se diante da Twisters Donuts. Dava goles em um copo de café e segurava um saco com manchas de gordura. Ao sair com o carro de uma vaga para descarga, torcia para que ela tivesse comprado para mim um sonho com cobertura de glacê em vez de recheado com creme.

Brittany cambaleou desajeitada para a esquina com as malas quando me viu acenar para ela do outro lado do crescente trânsito. Ao atravessar quatro pistas repletas de carros para apanhá-la, bati na ponta traseira de uma viatura da polícia. O guarda rastreou ambos os carros e passou sete vezes pela minha janela antes de me fazer o sinal de que estava tudo bem. Ele se afastou para o centro da pista a fim de conseguir avançar dois metros em meio à densa descarga de fumaça do carro.

— Semana difícil, hein? — Ela sorriu cheia de ânimo.

— Muito.

— Quer que eu dirija? — propôs.

— Não. Preciso apenas de um minuto.

— Com cobertura de glacê e café?

— Com creme? — perguntei.

— Espero que *light* e sem açúcar esteja bem.

— Perfeito.

Mal havíamos chegado ao outro lado do túnel e o tráfego ficou consideravelmente mais lento. Rosnei e fiquei imaginando se não teria sido melhor termos tomado um trem.

— Por que você não pegou o trem até a Filadélfia? — quis saber de Brittany.

— Susan falou que você não devia ficar sozinha.

Concordei com a cabeça.

— O que está fazendo em Boston? Pensei que você fosse da região do *Lago* de Chicago.

— Está sugerindo, com esse comentário, que sou rica e arrogante?

— Algo assim. Mas não deve ser arrogante demais, já que Susan gosta de você. — Sorri.

— Eu precisava colocar algo mais para queimar — suspirou.

— Como assim? — indaguei, olhando a extensa fila de placas de carro ainda paradas e fazendo a volta para o complexo esportivo de Nova Jersey.

— Para *queimar*, como assar coisas no forno. Eu precisava diversificar.

— Quer dizer dar o troco?

— Não. Dar o troco é o que você faz depois de quebrar o encanto. Colocar algo para queimar é dormir com outra pessoa e não fingir que isso irá adiante. Dar o troco é quando você sonha acordada com o futuro, para se sentir melhor ao fazer um sexo bom e desvairado. — Ela abriu o porta-luvas e tirou um mapa.

— Boston é uma boa cidade para isso?

— Qualquer cidade é boa, desde que você tenha um ex-amante lá ou alguém com quem sempre quis dormir, mas nunca dormiu.

— Paris deve ser mais legal ainda — comentei.

— Eu detesto os parisienses — afirmou, batendo um maço de cigarros na parte interna do pulso.

— Nunca estive lá, mas já requeri a minha inscrição para correr a maratona do ano que vem.

Ela martelou os cigarros no punho 22 vezes antes de retirar o papel celofane.

— Pode me dar um?

— E a maratona?

— Estou querendo um desses agora, e a maratona é só ano que vem. — Dei uma leve risadinha para mim mesma, sentindo o envaidecimento da rebeldia. Steve detestava fumantes. Fazia o maior estardalhaço em restaurantes e agitava as mãos no ar para tentar evitar ser um fumante passivo. É claro que sugaria um charuto com desejo, se lhe fosse oferecido.

— Isso mata — alertou ela.

— E o que não mata? — argumentei.

Fumamos os nossos cigarros e ouvimos os rádios das outras pessoas. Brittany fumou o dela rapidamente e acendeu outro. Demorei-me com o meu, sem saber direito o que fazer com ele, mas curtindo a serenidade do que eu tragava. Os cigarros queimaram mais depressa do que os carros se moveram no trânsito. Eu não queria interromper novamente o silêncio entre mim e Brittany. Ambas parecíamos obrigadas a fingir que estávamos bem; fumando, tomando café, olhando pela janela e procurando a estação de rádio toda vez que ouvíamos tocar uma música romântica. O calor aumentava progressivamente no interior do carro, à medida que o asfalto queimava sob o sol intenso. Brittany era como muitas mulheres que eu conhecia. Tinha uma confiança que podia ser intimidadora se você não soubesse que, com freqüência, ela duvidava de si mesma. Ela era como eu, vestia um exterior duro e calejado, mas que era prejudicado por um coração mole, maleável e ferido. Não queria conhecer Brittany mais do que já conhecia, pois estar em sua companhia era como estar perto de mim mesma. Notei que ela ficou impaciente com o trânsito e colocou o pé direito sobre o painel.

— Pegue a próxima saída — ordenou.

— Estamos a horas do cruzamento da auto-estrada.

— Exatamente. Obviamente, não iremos a lugar nenhum seguindo pela auto-estrada, e já que estamos a horas de distância de onde precisamos estar, vamos pegar as estradas menores.

— Mesmo se a estrada ficar completamente engarrafada e a gente parar totalmente, não esqueça que está falando de Nova Jersey, e não de uma bucólica interestadual atravessando o campo em Illinois.

— Milho. Tomate. Campinas. Frutas. O que você acha?

— Resíduos tóxicos. Não, nós precisamos chegar lá. — Sacudi a cabeça, rejeitando.

— Nós precisamos chegar lá no sábado, às oito da manhã, para fazermos os nossos penteados.

Olhei em seus olhos. Ela implorava, mas fazer concessão não era o meu ponto forte.

— Você consegue ver outras estradas nesse mapa? — indaguei educadamente.

— Isso importa? Se seguirmos para o sul, estaremos perto.

Ela não entendeu todo o esforço que precisei fazer para admitir a sua idéia, e agora me ressentia do seu tom de voz.

— Toda essa espontaneidade é uma ótima idéia, mas, honestamente, eu tive uma semana ruim e mal consigo prestar atenção na estrada.

— Então me deixe dirigir. — Ela saltou do carro e deu a volta até a janela do meu lado.

Sua segurança não era prazeirosa nem divertida.

— Volte para o carro — ordenei e tirei o pé do freio deixando deslizar para a frente.

— Chegue para lá e me deixe dirigir. — Ela ficou parada ao lado do carro enquanto avançávamos alguns centímetros.

— Isso não é engraçado.

— Tem razão. É a vida. Agora, você está no ritmo de Brittany. Brittany também não teve uma semana legal e ela quer esquecer a roupa suja para lavar, as contas, quem dirige o carro e por que é ela quem sempre tem que arrumar a bagunça que as outras pessoas fazem!

Minha mão ficou branca ao se apertar no volante. Podia me ver saltando do carro e atingindo-a na barriga com um direto de direita. Ela merecia isso, mas eu sabia que não era a mesma coisa do que socar um homem. Assim que você derruba a muralha externa de uma mulher, suas emoções costumam aumentar progressivamente até a histeria, que é o verdadeiro perigo de quando se luta com uma delas. Eu sabia muito bem que, naquele momento, não devia forçar a barra de nenhuma das duas.

— Brittany, por favor, saia da lateral do carro e me ajude a descer a capota.

— Eu quero dirigir — insistiu, como uma criança.

— Ninguém...e eu quero dizer ninguém... dirige ou já dirigiu o meu velho Mustang vermelho-cereja, exceto o velho senhor que o vendeu para mim. Você controla a rota e eu dirijo, ou você poderá andar lentamente atrás de mim, neste trânsito de pára-choque com pára-choque, até chegarmos à Pensilvânia.

— Nós vamos sair fora? — Colocou as mãos nos quadris.

— Vamos — suspirei.

Enquanto Brittany dava a volta pela frente do carro, sacudiu várias vezes a comprida cabeleira loura. Notei que sua arrogância combinava com os cromados lustrosos e o emblema de cavalo do Mustang. Era por isso que eu adorava o carro. Não havia necessidade de me explicar quando as pessoas me viam dirigindo. Brittany não voltou para o interior do carro, mas caminhou ao lado dele. Bateu nos capôs e nas malas dos outros carros, para as pessoas se afastarem. Ao iniciarmos a travessia das intermináveis fileiras de carros parados e abrir caminho para a lateral da estrada, os outros veículos abriram passagem para nós como se fôssemos cavalos perdidos na auto-estrada de Nova Jersey.

Permitir que Brittany controlasse a rota foi um exercício a mais de paciência. Ela era uma menina mimada oscilando à beira de um acesso de raiva. Cedi à maioria de seus caprichos porque estava mais perto do que ela da verdadeira histeria. Se eu me permitisse perder a sanidade que restava em meu corpo, jamais chegaria ao casamento de Susan. Lembrava-me disso todas as vezes que parávamos numa loja de conveniência, numa loja de bebidas e numa farmácia. Brittany juntou as mãos, como numa prece, e implorou, igual a uma criancinha, ao ver a banca de uma fazenda mais adiante.

— Por favor, por favor, pare na barraca.

— Precisa fazer xixi?

— Não.

— Então, por que parar?

— Tenho uma surpresa para você.

— Ora, tenha dó, já ando farta das surpresas deste mês.

— Quero agradecer a você por ter saído da auto-estrada.

— E vai fazer isso me obrigando a parar a cada quinze minutos, até forçar o limite da minha sanidade?

— Esta é a última vez.

— Tudo bem, e se quiser fazer xixi, faça agora, ou terá que mijar com a bunda pendurada para fora do carro.

Eu sabia que Brittany queria fazer um comentário mordaz, afirmando que eu *pararia*, pois amava demais o meu carro, mas se mancou, e agradeci por ela não ter forçado ainda mais a barra. Encostei fora da estrada, na frente de um homem com cara de couro curtido, parado diante de uma barraca branca com uma vistosa placa amarela acima de sua cabeça onde se lia TOMATES DE JERSEY.

Brittany voltou para o carro e fez sinais para eu levar os sacos que ela havia adquirido em cada parada. Ela também carregava um enorme saco de papel pardo para nós e cambaleava em meio a fileiras de pés de milho. Segui zelosamente atrás dela, sem fazer perguntas. O sol continuava quente, e eu suava levemente dentro das calças compridas. Trilhas lamacentas espirravam pequenos fragmentos de terra na minha roupa. Quando chegamos ao final das fileiras de pés de milho, um campo de grama de um belo verde se estendia diante de nós. Havia um leve odor de estrume e cebola, mas não via vacas.

— Há algum lugar em especial onde gostaria de se sentar? — perguntou Brittany.

— Qualquer um — respondi.

— Tudo bem.

Caminhamos mais alguns metros e nos instalamos na suave face de um morro. Brittany tinha um pequeno canivete do exército, mas usou os dedos para executar a maior parte do trabalho. Tirou o miolo de quatro tomates e os recheou com maionese. Numa loja de bebidas, ela havia comprado uma garrafa de um espumante italiano novo e uma garrafa de um *beaujolais* francês.

— Escolha o seu veneno — ofereceu.

Olhei para o sol e tive a certeza de que o vinho me deixaria triste e levaria lágrimas aos meus olhos.

— Na verdade, eu sou uma tremenda fã do *prosecco*. Acho a uva limpa e clara. Seria legal se sentir tão limpa assim, mesmo sendo temporário.

— Estava torcendo para você escolher esse — sorriu.

Tirou do saco de papel duas *flûtes* para champanhe de plástico.

— Um estilo e tanto! Onde conseguiu isso? — quis saber.

— Embora as lojas que só vendem bebidas sejam uma inconveniência para os viajantes, elas são excelentes na parafernália que cerca o álcool.

Deitei na grama e senti as duras garras do campo sob mim. Havia lugares onde percebia água ensopando a blusa, mas a terra fria consolou as minhas costas e o sol lançou um cobertor quente sobre o rosto e os braços. Senti o adocicado sabor úmido da uva ácida nos lábios e abri os olhos.

— Você parece tão tranqüila — observou ela.

— E estou.

— Pena que estejamos as duas tão tristes. Este seria um belo lugar para se fazer amor.

Os meus olhos devem ter se arregalado e demonstrado um misto de horror e choque.

— Não se preocupe. Eu não forçaria você a fazer coisa alguma. Nem mesmo a conheço, mas gosto de você. Tem qualidades que procuro para mim mesma. Você ficaria zangada se eu a beijasse?

— Você ficaria zangada se eu não fosse lésbica? — retruquei na defensiva.

— Tudo bem.

— Tudo bem mesmo?

— Claro.

Ela colocou a mão no meu joelho, deu uma palmadinha e depois encheu as duas *flûtes* com vinho. Enquanto ela se movimentava, era fácil imaginar que devia haver muitos homens que também a quisessem beijar.

— À aventura — brindou, levantando sua taça.

— Eu posso beber a isso, Brittany — gaguejei. — Eu, eu estou com a cabeça cheia de coisas e não tenho certeza se quero, ou não, beijar você — confessei.

— Eu também não tenho certeza — admitiu.

Ela me fez rir da minha seriedade.

— Eu quero beijar você, mas não quero. Ou não quero neste momento, ou... — tropecei nos pensamentos.

— Quantos caras você beijou e depois se mandou?

— Um bom beijo mesmo?

Ela sorriu.

— Você sabe o que estou perguntando. Quantos?

— Uma porção.

— Isto não é diferente. Estamos tendo um belo momento, numa bela campina, e poderíamos ter um belo beijo.

Voltei a gargalhar com ela.

— Brittany, eu não sei o que Susan disse para você, mas...

— Susan quis que eu cuidasse para você não passar a viagem toda se lamentando por não ter se casado com um panaca. Ela disse que, de todas as suas amigas íntimas, não podia acreditar que nós duas ainda não nos conhecêssemos, pois somos compatíveis. Também disse que faria sentido se você fosse lésbica, mas que, a esta altura, você talvez já soubesse. — Fez uma pausa. — Aliás, se você for lésbica, ela quer saber por que nunca a *beijou*.

— Eu nunca estive com uma mulher. Exceto a menina com quem eu costumava praticar no terceiro ano da escola primária. — Dei de ombros.

— Eu tive uma dessas! Marianne Blush. Que ótimo nome. A gente costumava praticar durante horas.

— Você acha que todas tiveram uma dessas?

— Uma porção de nós teve.

— Quer dizer que você e as suas amigas lésbicas tiveram? — induzi.

— *Não*! Minhas amigas que tinham mães que tomavam martíni à tarde. A gente transava para passar o tempo, até elas saírem para fazer compras.

— Ah.

— Estou lisonjeada por ter me considerado para o seu primeiro beijo. Mas eu teria apostado no fato de que você já tinha tido várias mulheres como amantes.

— Por quê?

— O seu procedimento.

— Só porque sou toda feminina, cheia de rendas, cabelos compridos, uso coisas de garotinha bonita, muito perfume e maquilagem?

— Que tal toda a força, o poder e a inabilidade de se deixar ser vulnerável?

Com um movimento rápido, inclinei-me para a frente e a beijei no rosto.

— Obrigada.

— Eu é que agradeço. Não estaria aqui se você fosse uma conformista que não tivesse pegado a saída da auto-estrada. É legal vadiar pelo campo com alguém, lembrando que a vida não termina na lavanderia.

— É onde todas nós percebemos que os nossos relacionamentos chegaram ao fim? — Lembrei-me que duas das gravatas de Steve ainda estavam na lavanderia a seco.

— Com certeza não é na terapia! — riu.

Brittany terminou seu vinho, empurrou a haste da minha taça acima do meu queixo e fui forçada a engolir o resto do meu. Ao encher novamente as *flûtes*, ela contou:

— Eu estava na lavanderia quando senti um desejo incontrolável de deixar lá as roupas dela. Ao dirigir de volta para casa, me dei conta de que a última pessoa que havia feito a limpeza tinha sido eu, a última pessoa a trocar o óleo tinha sido eu, a última pessoa a dar uma parte de si mesma tinha sido eu. Permaneci sentada, chorando, até a casa toda ficar às escuras. A lua estava alta acima da casa e a enchia de luz azul. Não conseguia me lembrar da última vez em que fui amada ou quis fazer amor, ou lembrar de ter observado o céu. Chorei um pouco mais até a minha parceira chegar em casa e perguntar por que eu não tinha acendido a grelha para o jantar.

— E eu queria continuar na auto-estrada... — falei baixinho.

Brittany tomou fôlego por entre as lágrimas e deu uma risada.

— Eu quero um relacionamento no qual você sai da estrada e come tomate.

— E bebe vinho, beija ou fica deitada na grama lado a lado — suspirei.

— Ao Príncipe, ou *Princesa*, Encantado — ela exclamou, levantando novamente a sua taça no ar.

13

Receba Esta Mulher

Quando chegamos ao hotel, havia um recado informando que as outras damas de honra estavam à nossa espera no bar.

— O que os homens chamam de sexo seguro?

— *Uma cabeceira de cama acolchoada!*

Todas as mulheres vestiam um sarongue de cores vivas estampado com flores amarrado frouxamente sobre o corpo, e se movimentavam constrangidas nos assentos de vinil laranja. Os costumes nativos dos anglo-saxões envolviam uma espécie de gozação. Era necessário uma certa dose de equilíbrio e elegância para fazer o forte estilo cultural dos outros parecer natural. O mesmo se podia dizer dos vestidos das damas de honra. Eram roupas anormais para alguém que ainda não havia resistido ao rito de passagem que acontece no corredor para o altar da igreja.

— Como se chama um homem com meio cérebro?

— *Superdotado!*

— Qual a diferença entre um homem e um bagre?

— Hein?

— Um é um otário que se alimenta de lama, o outro é um peixe.

Jeannine foi a primeira pessoa a nos notar, e escorregou para fora do tamborete do bar com várias sombrinhas enfiadas no drinque que segurava.

Sorri para Brittany.

— Obviamente, viemos ao lugar certo.

— O que Deus disse, depois de criar o homem?

— *Consigo fazer melhor.*

— Que tal a viagem? — quis saber Jeannine, com vigorosos abraços e beijos.

Brittany e eu meneamos a cabeça uma para outra.

— Ótima.

— Vocês resolveram fazer uma corrida *off-road* ou um enduro? — perguntou, baixando a vista para as nossas calças sujas de lama.

— Colheita de milho — respondeu Brittany.

— Vão se trocar, para a gente sair do saguão deste hotel barato e ir ao centro da cidade.

— Vestidas de sarongue? — indaguei.

— Vão com ele. Peguem um drinque com sombrinha e preparem-se para esquecer. — Jeannine me deu outro abraço demorado e em seguida me empurrou em direção à porta. Quando ela ficava assim tão abertamente afetuosa, para mim ficava claro que havia algo em sua mente.

— Por que os homens se casam com virgens?

Brittany gritou na direção do bar às escuras:

— *Porque não suportam ser criticados.*

No elevador, permaneci ao lado de Brittany e fechei os olhos. Estava exausta de dirigir. Eu tinha prometido a mim mesma que não beberia demais. Eu tinha prometido a mim mesma que atravessaria aquele fim de semana numa boa, e depois poderia passar dias deitada na praia em St. John, chupando coquetéis caríssimos de canudinho. Olhei para as reluzentes portas de aço do elevador a frente. Meu reflexo estava esticado e distorcido.

Vinte e nove anos parecia ridiculamente velho. Disse a mim mesma que as mulheres tinham bebês aos quarenta. Disse a mim mesma que as mulheres eram diferentes *agora*. Nunca tive um livro de receitas de Betty Croker nem bonecas Barbie, e ninguém precisou restaurar a minha vagina. Quando o elevador sacudiu para cima, me senti fraca e cambaleei.

— Ei, ei, você está bem? — perguntou Brittany quando as portas se abriram.

— Preciso me deitar — respondi, impotente.

— Nós vamos nos deitar. — Ela enfiou as mãos por baixo das minhas axilas e tentou me levantar. — Já, já, você vai dar um tempo em tudo isso. A gente só precisa chegar ao quarto. Caminhe comigo.

Seguimos para lá e para cá à procura do nosso quarto. No caminho, eu deslizava pela parede, segurando a massa sólida das chapas de revestimento e papel de parede texturizado, na esperança de que sua estabilidade pudesse se infiltrar no meu corpo. Assim que entramos, desabei na cama e me encarei no espelho ordinário do hotel. Aquela não era eu. Tratava-se de outra pessoa. Eu sempre reagia às circunstâncias. Eu sempre colocava as emoções de lado e enfrentava um dia intenso de trabalho. Minha amiga mais íntima estava para festejar a união mais bela que existe, e eu nem conseguia ficar de pé.

— É físico ou emocional? — indagou Brittany, vasculhando a mala dela atrás do sarongue. — Chamo um médico?

— Eu estou simplesmente arrasada. Nunca fiquei tão exausta assim em toda a minha vida. Eu poderia ficar deitada aqui noite e dia, usando o serviço de quarto, até ficar velha e gorda e não ter mais que me preocupar em arrumar um parceiro.

— Tire as roupas — ordenou Brittany.

— O quê?

— Eu vou tirá-las, se você não tirar.

— Não posso usar a noite toda essa coisa que parece uma echarpe.

— Você vai usar, eu vou, e todas pareceremos garotas pálidas das ilhas. Vamos beber bastante, para que ninguém perceba que nos sentimos idiotas. Tire as roupas.

— Por que não podemos chegar atrasadas?

— Você, minha cara, vai desmoronar todo o fim de semana, mesmo sem perceber isso. Você só precisa continuar se movimentando. Já vejo tudo. Você acha que devia informar ao *New York Times*, pois desmoronar é um grande acontecimento. A manchete seria: MULHER FORTE PERCEBE SUA DOR; DESABA SOB O PRÓPRIO PESO.

— O *New York Times* já foi informado. — Comecei a me despir, muito vagarosamente. Brittany já havia tirado a roupa, prendido o cabelo para cima e colocado o indispensável de sua bolsa maior em uma menorzinha tipo "puta". Deu-me um olhar frustrado e começou a tirar os meus sapatos. Rapidamente, puxou a minha calça comprida, tirou a calcinha, desengatou o sutiã e enfiou os meus pés num par de sandálias douradas. Quando Jeannine entrou, eu estava nua, de pé, os braços abertos como Jesus na cruz, segurando em cada mão uma ponta do sarongue. Brittany estava diante do meu corpo nu, vociferando ordens e achatando os meus seios com o seu antebraço, a fim de que eu pudesse apertar o pano o máximo possível sobre o tronco, para dar sustentação. A princípio Jeannine arquejou, mas depois irrompeu em risadinhas histéricas, derramando o seu drinque com sombrinha na parte da frente do seu sarongue. Jeannine raramente bebia. Aquele não era um bom sinal.

Quando Susan chegou ao restaurante, todo o seu séquito de damas de honra já havia se desintegrado e se tornado uma mixórdia de emoções e álcool. Eu não estava sozinha na minha desgraça, o que levantou consideravelmente meu astral. A necessidade de Brittany de uma promessa de felicidade era a mais angustiante, porque, mesmo após conseguir uma parceira, ela ainda teria que seduzir alguém para ter um bebê. Havia também a agonia de qual das duas parceiras geraria o bebê e se elas deveriam ou não deixar que o pai se envolvesse na criação. Gritando a plenos pulmões, convidamos para que se juntasse a nós qualquer mulher que soubesse piadas de ódio aos homens.

— Como se chama um homem inteligente nos Estados Unidos?

— *Turista!*

Uma estrondosa gargalhada percorreu o restaurante.

— O que a gente consegue, quando se tem duas bolas na mão?

— *A atenção total de um homem!*

Acho que fomos convidadas a sair, logo após isso, mas ignoramos o convite.

— Quantos homens são necessários para colocar um rolo de papel higiênico no suporte?

— *Não se sabe, pois isso nunca foi feito.*

No banheiro, lavei o rosto e continuei a busca pela alegria que eu queria sentir por Susan. O ofuscamento provocado pelo álcool amenizava as lágrimas torturantes que flutuavam na beira dos meus olhos. Susan estava ao meu lado, diante do espelho, quando levantei a vista da pia.

— Você não está sendo você mesma — observou.

— É que eu bebi demais.

— Você agüenta a bebida mais do que qualquer um que eu conheço.

— Quer dizer que não bebi o *bastante*? — argumentei.

— Como você se sente?

— Por favor, por favor, por favor, não pergunte. Por favor. Estou desmoronando. Mal consigo ficar de pé, estou cansada demais para ser uma dama de honra e uma ex-noiva. Quero ficar feliz por você, mas estou *tão* perdida.

— Graças a Deus. Pensei que ia ficar nessa de "Eu sou forte". Pelo menos está sendo humana. — Ela estendeu o braço e segurou minha mão ferida.

— Ai!

— Puxa, que curativo genial. Eu nem tinha notado que tinha ataduras. Ninguém vai perceber, nas fotografias.

— A manicure das minhas unhas vai ser um pouco complicada — sorri.

Ela esperou em silêncio, sabendo que havia mais coisa.

— Eu preciso conversar com você, mas não quero ser um aborrecimento nesta ocasião. — Senti minha voz estremecer e sabia que as lágrimas escorreriam se eu não parasse de expressar minha aflição.

— Você é minha melhor amiga... nunca será um aborrecimento para mim — disse ela.

Joguei os braços em volta dela e a apertei tão forte, que desejei ir para seu interior em busca de refúgio.

— O que é, Cece? Diga.

— Você acredita em contos de fada?

— Estou para me casar, não estou?

— Então acredita que existe um par perfeito para cada pessoa.

— Depende do ponto de vista — ela suspirou e começou a rir. — Contanto que você não ache que o homem perfeito signifique que vai encontrar a pessoa perfeita.

— Eu acredito nisso. Mas parece que não consigo separar uma boa compra de uma péssima pechincha.

— Cece, você sabe que não pode forçar a barra.

— Por que parece que todo mundo está se casando agora?

— Porque o pânico está se espalhando. — Nós duas rimos.

— Não se dê por vencida. Você apenas empurrou um sujeito "perfeito" para mais alguém. Ele não era perfeito para você.

— A minha mãe acha que estou procurando algo que não existe. Quando Steve e eu rompemos o noivado, isso afetou algo nela. De repente, ela parecia querer ficar do meu lado, mas ao mesmo tempo me convencer de que não há parceiros perfeitos.

— Antes de mais nada, você teve uma porção de relacionamentos. Você é a mulher mais dedicada que conheço. Você entrega tudo. Mas entrega depressa demais. Não comece a vagar por aí murmurando que precisa de um terapeuta, que é incapaz de se comprometer, ou não consegue manter um relacionamento.

Concordei.

— Eu simplesmente não quero transigir.

— Não transija.

— Mas... — fiz uma pausa e respirei fundo, para evitar chorar. — Mas e se eu acabar sozinha?

— Cece, você é melhor ficando sozinha do que qualquer um que já conheci.

— Mas ando farta disso. — As lágrimas rolavam suavemente dos meus olhos. — Ando farta de correr sozinha, ando farta de viajar sozinha, ando farta de comprar cursos de línguas gravados quando estou de férias, porque não tenho mais ninguém com quem conversar.

Quanto mais eu falava, mais ficava aliviada. Enquanto abraçava Susan, uma crescente solidariedade pelos meus pais surgia dentro de mim. O mundo deles era hipócrita e severo. Lembrei do modo como a minha mãe encolhia os ombros quando as freiras reclamavam do meu comportamento, e o ressentido torcer de lábios do meu pai quando ele colocava dinheiro na cestinha de coleta. Eles haviam esperado com ansiedade enquanto eu cambaleava de uma relação para próxima, a fim de permitir que eu descobrisse por mim mesma o que era verdade. Meus pais haviam ignorado minhas noites tardias, refreado sua opinião e se retirado de minha vida. O descaso que eu sempre supus ser egoísmo por parte deles agora parecia ser o seu único meio de bondade. Quantas vezes eu os desprezei e os comparei com outros pais, principalmente com os de Susan, acusando-os de descaso e guardando ressentimento pela sua inépcia. Eles queriam desesperadamente ter certeza de que eu não precisaria de mais ninguém para sobreviver e jamais teria de transigir. O que eles não entendiam era a dificuldade que eu tinha agora de convidar mais alguém para entrar.

— Eu vou ficar bem — falei, desvencilhando-me do abraço de Susan e me forçando a parar de chorar.

— Claro que vai, Cece. Você sempre fica bem. Só quero mesmo que seja feliz.

— Consiga para mim um rebelde católico esbelto, sardento, um metro e noventa, que goste de correr, beber e fazer amor, e não precisará me dizer o que fazer.

Nós nos juntamos num último e demorado abraço balouçante até uma porção de mulheres agitadas darem socos na porta e gritarem que precisavam urinar.

Ninguém devia ter dirigido da Filadélfia para os subúrbios. Estávamos bêbadas e imprudentes. Tragávamos cigarros como adolescentes do colegial e soprávamos fumaça e cinzas quentes pela janela. Ligamos o rádio e encostamos no acostamento da autoestrada quando nos sentimos como dançarinas tribais descalças em nossos sarongues estampados, com pequeninas e frágeis sombrinhas decorando os cabelos.

Quando chegamos ao hotel, havíamos separado os carros em dois grupos. As habitantes locais voltaram para os confins das casas dos pais e das lembranças de chegarem tarde, e as visitantes foram para os quartos de hotéis com os lençóis dobrados para baixo. Jeannine estava no carro errado. Quando desembarcamos no saguão do nosso hotel barato, ela estava grudada a meu lado. Lado a lado, arrastamos os pés descalços pelo corredor até o bar fechado. Como um time de atletas derrotados e expulsos para o vestiário, voltamos aborrecidas em direção aos elevadores. Obviamente, Jeannine não fazia nenhum esforço para ir para casa, e Brittany e eu estávamos dispostas a continuar bebendo.

— Vou ficar com vocês, mas não vou dormir nua — afirmou ela com autoridade.

— Nem nós — concordou Brittany, mais sóbria do que eu.

— Talvez eu *devesse* dormir nua. — Desatenta, ela deixou a vista baixar para o seu anel de noivado.

Brittany e eu nos entreolhamos e sacudimos a cabeça.

— Não creio que tenhamos álcool suficiente no frigobar — alertou Brittany.

— Álcool, sim; café para amanhã, não. A que horas é a sua manicure? — perguntei distraída.

— A que horas é a sua manicure? Você vai usar um vestido igual ao da sua irmã? Você vai a um casamento *quaker* ou a um serviço religioso católico? Quando é o seu chá de panela? Onde você deixou a sua lista? — quis saber Jeannine.

— Quando teremos que apanhar as flores para a casa de reuniões? — indaguei.

— Quando você sabe que a coisa é para valer? — perguntou Jeannine, exigindo atenção.

— Quando nós vamos para a cama? — perguntou Brittany.

— Cama? — surpreendi-me.

— Não pareça tão nervosa. Eu quis dizer dormir.

— Todas estão noivas. Todas estão fazendo planos. Eu nem mesmo hesitei quando ele me pediu — disse Jeannine socando levemente a porta de nosso quarto de hotel.

— Sempre dá essa sensação. — Coloquei a mão sobre o seu ombro nu.

— Mesmo quando se é lésbica — afirmou Brittany, com a mão na maçaneta.

Entramos no quarto e passamos a examinar o frigobar. Retiramos os sarongues e enfiamos enormes camisetas e calças de moletom.

A comichão para se sentir glamourosa tinha passado. Voltar para casa com outras mulheres significava que a pressão para manter uma boa aparência acabara. A sexualidade que havia emanado pela parte de cima de nossos sarongues e rastejado das aberturas, subindo até o centro de nossos revestimentos, recuara para a segurança de se dormir juntas. Não havia fachadas para manter nem poses sedutoras para se adotar no quarto do hotel. Eu não precisava lavar o rosto nem aplicar traços de maquilagem para quando acordasse não parecer uma prostituta fatigada. Havia um fascínio e um impulso para o sexo casual, mas isso se tornou tão antigo e tão exaustivo quanto fingir tragar. Naquela noite, nossos cabelos ficaram presos por elásticos, fortemente puxados para trás, para longe de nossos rostos. Nós nos sentamos espremidas ou recurvadas numa poltrona. Fomos desleixadas e deixamos cair coisas como amendoins, batatas chips, cubos de gelo, tampinhas de garrafas e insultos. Fomos irritantemente francas e geralmente cruéis até Jeannine começar a chorar. Era óbvio que o temor testava a sua habilidade de ser racional como o faz em geral com cada uma de nós.

Adormecemos emaranhadas em um pretzel de membros e fomos acordadas, pouco tempo depois de nossas últimas palavras serem pronunciadas, pelo detestável tormento de uma campainha.

— Jeannine está com vocês? — quis saber Susan ao telefone.

— Hã, sim — respondi.

— Bem, pelo menos ela não dormiu no quarto de um sujeito qualquer. Um *ménage à trois* com as minhas duas grandes amigas é uma desculpa muito melhor. — Susan estava enfurecida.

— Acho que ela gostou — gritou Brittany.

— *O quê?*

— Você não está a fim de um pouco humor de ressaca? — perguntei baixinho.

— As três damas precisam levantar os traseiros da cama e vir aqui me ajudar com esta lista de coisas que preciso fazer.

— O que aconteceu com a meditação?

— É, se eu me sentar, o meu corpo é capaz de explodir.

— E as outras damas de honra?

— Inúteis. Nem atendem o telefone.

— Pode ligar de volta dentro de dez minutos?

— Por quê?

— Para eu *não atender* o telefone.

— Levante. Traga *donuts* e *bagels*. O pessoal aqui está faminto, e são todos homens de ressaca fedendo a fumaça de cigarro.

— Por que não vem para cá e fica na piscina com a gente? — perguntei.

— Tá legal, vou ficar aí numa boa enquanto o resto do mundo destrói o meu casamento. Por favor, venham me salvar de ser uma noiva!

— Ok, iremos daqui a pouco.

— *Agora!*

14

Até Que a Morte Nos Separe

Meus dedos ainda sangravam, mesmo depois de o esmalte ter secado. A esteticista tinha tentado diminuir o excesso de cutículas e calosidades a fim de poder fazer a unha à francesa. Fui uma das primeiras a me aventurar no salão, pois seriam necessárias energia e paciência para lidar com as minhas mãos. Os anos passados carregando engradados e puxando cordas ainda eram visíveis nas pregas secas rachadas das palmas de minhas mãos. Às vezes, eu imaginava que o intenso odor de peixe estava entranhado em minha pele como o cheiro de cebola e alho emanando de uma panela de ferro. Não importava a quantidade de creme que aplicava nas mãos, ou quantas vezes as embebia em cera quente, na esperança de deixá-las mais macias ao toque, elas continuavam desfiando meias-calças e se prendendo em tecidos finos. A mulher que fez minha manicure foi excessivamente paciente e encarou com bom humor o desafio. Trabalhou com todo o cuidado em volta da atadura e, embora as minhas unhas fossem curtas (ela precisou tapear o estilo da unha à francesa, pintando pelo lado de fora), ficaram parecendo vistosas depois que terminou.

Folheei revistas luxuosas e li horóscopos antigos até começar a chover. Nuvens que avultam e depois se abrem sobre a Pensilvânia transformam-se em tempestades carregadas com a úmida intensidade dos estados sulistas e o pânico moderno do norte. Os olhos de Susan se encheram de lágrimas.

— Não apanhamos as flores — lembrou com a voz entrecortada.

— Chuva no ensaio é um bom augúrio! — berrou uma das garotas do salão.

A mãe, a irmã de Susan e os vizinhos em volta haviam plantado flores silvestres em um terreno alugado a um fazendeiro na primavera anterior. Susan adorava flores do campo e queria arranjos naturais nas mesas. Ela tinha molhado apenas uma das mãos, e nenhum dedo ainda havia sido pintado. Brittany curtia a ressaca e flertava com a bela ruivinha que acariciou sua mão durante a manicure. Jeannine tinha a sua própria lista de coisas para fazer, as outras damas de honra continuavam na cama ou escondidas no banheiro, e as minhas unhas estavam secas.

— Se Jeannine me deixar no terreno do fazendeiro, posso começar a colher as flores. Ela poderá cuidar dos seus afazeres e depois voltar para me apanhar — ofereci-me.

— As flores também têm de chegar hoje ao clube, para serem feitos os arranjos para a recepção — preocupou-se Jeannine.

— Não tenho nada para fazer à tarde, exceto levantar um brinde ao casamento. Posso colher as flores e esperar que alguém me leve ao clube.

Susan sorriu.

— Peçam que um dos padrinhos do noivo vá ajudá-la. Verifiquem se é solteiro.

— Estou me oferecendo para colocar em risco a manicure que fiz, as ataduras perfeitamente ajustadas em minha mão e a pegar um resfriado; não estraguem isso com um homem.

— Não se preocupe, nem todos são chatos. Acho que deve ter até mesmo um católico.

— Muito engraçada.

Quando Jeannine me deixou na beira do terreno, a chuva tornou-se um obstáculo. Estava forte e escorria pelas nervuras das flores. O terreno era grande e difícil de se navegar. As caprichadas fileiras de flores tinham desaparecido e começado a se tornar um labirinto complicado. Eu procurava desesperadamente a parte inferior de cada talo. Era necessário salvar o máximo possível a fim de haver o suficiente para a recepção e a cerimônia do dia seguinte na casa de oração *quaker*. Eu xingava as outras damas de honra, ao pelejar para cortar delicadamente cada flor e colocá-la em uma área protegida.

Passei a xingar alto em meio à chuva. Xinguei Brittany e o resto por serem fúteis, por fazerem listas, por não ajudarem. Xinguei Steve, pelo tempo que perdi com ele, e xinguei a mim mesma pelos homens com quem tinha me desperdiçado. Havia algo de hino na minha gritaria, que se transformou em uma canção que eu não cantava desde a infância, na igreja. Inventei outra letra e segui com a música, aos trancos e barrancos.

Avançando pela plantação, afundando cada vez mais em minhas pegadas enlameadas, senti o peso da minha genealogia. A terra extenuada se rasgava sob os meus pés e as minhas mãos não estavam acostumadas a lidar com objetos que se esmigalhavam facilmente. Quando cortava as flores adequadamente, na metade do tempo conseguia esmagá-las a caminho do local seguro de depósito debaixo de uma árvore. Os meus dedos ansiavam por talos grossos ou raízes. Eu me sentiria mais à vontade arrancando pedras do solo, ou batatas.

Uma voz forte me chamou por entre a teia de flores e a chuva torrencial. Fiquei contente por saber que, quem quer que tivesse vindo me ajudar, não seria capaz de interpretar a diferença entre minhas lágrimas e o toró.

— Devo colocar na caminhonete as que você já cortou? Ou devo ajudá-la primeiro?

— Quantos são vocês?

— O quê?

— Quantos padrinhos estão aqui? — interroguei com impaciência.

— Apenas eu.

— Oh, meu Deus! O que diabos todos eles estão fazendo, tomando cerveja?

— Eu era o único disponível, o resto estava provando os smokings na loja de aluguel — explicou com uma risada.

Suspirei.

— Desculpe.

— Onde está você?

— Em algum lugar entre um casamento caseiro e uma barafunda.

— Vou ajudá-la, depois que carregar a caminhonete com as flores que estão debaixo da árvore.

O tom de sua voz me fez questionar a minha aparência. Avaliando-me como ensopada até os ossos, a mão desembaraçada, terra sob as unhas, uma manicure perfeitamente estragada e uma e outra mancha de sangue no short nos lugares onde eu havia me cortado com a tesoura não era um modo ideal de iniciar uma sedução. Minha vaidade me espantou e me horrorizou. Fiquei imaginando a quanto mais ultraje eu ficaria sujeita antes da minha lua-de-mel ou se outra aventura de apenas uma noite lamberia o meu ego o tempo suficiente para agüentar o fim de semana. Um cansaço me dominou e o solo debaixo dos meus pés começou a girar. Caindo de joelhos, procurei a minha auto-estima na lama.

— Ei, encontrei você — anunciou ele.

— Oh, que bom.

— Você está machucada?

— Acho que sim. Estou mais para exausta. Cansada de ser dama de honra. Não há nenhuma glória verdadeira nesse tipo de missão.

— O quê? Não se consegue isso ao usar um desses vestidos geniais? — ele perguntou, com tanto humor sarcástico que isso me fez levantar.

— Estou farta de estar em casamentos, mas nunca ser a estrela principal. Isso me faz parecer terrível e egoísta?

Ele se curvou para olhar para mim.

— Não, faz você parecer verdadeira.

Coloquei a mão enlameada no cotovelo dele e o encarei. Não haveria nada que pudesse ter me preparado para quem eu vi. Pelo modo como ele cambaleou para trás, caindo sobre uma moita com um punhado de rosas espinhentas, supus que também não haveria nada que o pudesse ter preparado. Ao recuperarmos a compostura, fitamos um ao outro totalmente incrédulos.

— *Catherine?* — indagou cautelosamente.

— *Johnny?* — A minha respiração era difícil e dominada pelo pânico. Não conseguia pensar, respirar nem me mexer. Nossos rostos estavam tão próximos que eu quase conseguia farejar o nosso passado. Antes que eu pudesse deter a minha mão, dei-lhe um tapa, *com força.*

— Eu mereci isso? — perguntou baixinho, sem se afastar de mim.

— De quanto você se recorda? — perguntei.

— De tudo — afirmou com convicção.

— Você se recorda de ter me abandonado?

Confirmou com a cabeça.

— Recorda do quanto meus pais o amavam, o adoravam, como se o sol e a lua orbitassem à sua volta?

Confirmou com a cabeça.

— Por que você nos deixou? — quis saber.

— Eu não suportava quando eles falavam de você.

— Quem?

— Donavon, Mickey, Rich, você sabe.

— O que eles diziam?

— Ora, você sabe.

— Não sei. Sinceramente, não sei — falei com lágrimas nos olhos.

— Eles viviam falando que os seus pais eram esquisitos.

Reconheci com um gesto da cabeça.

— Quando vocês se mudaram do bairro, todos acharam que também iam se tornar uns esnobes.

— É mesmo? Que vergonha a gente querer mais desta vida do que uma boa surra com cinturão e tampinhas de cerveja do bar do O'Neil — comentei com sarcasmo.

— A gente pensava em contratos do sindicato e não em ir para a faculdade...

Coloquei os dedos sobre os lábios dele.

— Pare.

— O que você faz aqui? — perguntou.

— Sou uma das melhores amigas de Susan. E o que você faz aqui? — perguntei.

— Sou um dos melhores amigos de Orin.

— Não é possível! — exclamei. — Como foi que o conheceu?

— Quando estava imaginando o que fazer da vida, eu freqüentava e seguia os Mortos. Você sabe quem são eles?

— Fui eu quem cursou a faculdade.

— Isso — confirmou com a cabeça. — Eu adorava aquilo porque era tão diferente de tudo que eu havia vivenciado, mas continuava cheio de raiva, apenas um menino irlandês brigão. Eu ficava bêbado e puxava briga o tempo todo no parque. Certa noite, antes que um motoqueiro me matasse, Orin entrou no meio da briga e me arrancou dela como a mão de Deus. A coisa seguinte de que me lembro é que ele me conseguiu um emprego numa obra e moramos à beira-mar durante um ano, antes de eu voltar para a escola na Costa Leste.

— Por que Susan não me falou a seu respeito?

— Sou casado, lembra? Eu era casado, na ocasião. Tive que fugir dela e tudo o mais.

Sacudi lentamente a cabeça, concordando.

— Continua casado?

— Estou em processo de divórcio. E como estão os *seus* planos de casamento?

Levantei a mão com o curativo, que tinha sido desenfaixada e agora expunha um ferimento de um forte roxo.

— Foi uma dureza tirar o anel — afirmei, encolhendo os ombros.

Ele segurou a mão e a manteve delicadamente entre as suas.

— Como conheceu Susan? — quis saber.

— Fizemos juntas um curso nas Nações Unidas, quando tínhamos 16 anos. Ficamos amigas desde então.

— Você não me telefonou. — Ele olhou para o chão. — Eu achava que ia me ligar, já que tinha o meu cartão. Eu pulava toda vez que o telefone tocava no escritório e não parava de verificar meus recados.

— Eu teria ligado. Mantive o cartão escondido de mim mesma até ajeitar as coisas com o meu ex-noivo. Foram necessárias algumas doses de Drambuie e uma garrafa de vinho só para eu me acalmar, depois de ter me encontrado com você.

— Tem certeza de que teria ligado?

— Dupla certeza. — Eu não dizia isso há uma porção de tempo.

— É melhor a gente recolher o resto dessas coisas e seguir para o salão de recepção.

— Quase tinha esquecido — o que era difícil de acreditar, já que chovia torrencialmente e eu estava congelando.

— Você fez um excelente serviço... está quase acabando. Por que não vai se aquecer na caminhonete enquanto eu corto o resto?

— Não, vamos fazer isso juntos, está bem? — sugeri.

— Ótimo.

Eu caminhava pela estreita fronteira entre destino e realidade, ao vacilar por entre as últimas fileiras de flores. Aquela era uma das coisas que me faziam acreditar em Deus. Aquela era uma ocasião em que esquecia por que o amor causava dor e acreditava, mais uma vez, que ele causava apenas felicidade. Estava acontecendo algo que não tinha palavras nem explicação. Novamente me senti confiante, sem motivo algum. Ele era para mim. Talvez apenas por aquele dia, por um instante, ou anos, mas ele estava ali para me ensinar algo que eu precisava aprender.

— Acho que terminamos — avisou, arrastando os tênis sobre os restos de pétalas e flores que não puderam ser salvas por causa do peso da chuva.

— *Terminamos?* — perguntei.

— Aqui. Acabamos isto aqui.

Enquanto seguimos aos solavancos na caminhonete que ele havia apanhado emprestada com o pai de Susan, nenhum de nós disse muita coisa. Fizemos um ao outro perguntas educadas sobre ligar o aquecimento ou o sistema elétrico do vidro. Eu sentia tanto frio que a minha mão encolheu para o tamanho normal, e achei que ela havia sarado.

Nós pensávamos em tudo o que sabíamos um do outro e em todas as peças que agora podíamos juntar. Ondas de dúvida me varreram, seguidas por um agradável otimismo. Depois que descarregamos as flores no salão da recepção, voltamos para a caminhonete e ficamos sentados dentro dela, observando a chuva encharcar a grama de um campo de golfe vizinho.

— Estou pasmo — disse ele. — As palavras do padre Connelly estão tão claras em minha mente.

— O que ele disse? — indaguei.

— Eu quis perdão pelo meu divórcio, mas você sabe que eles não fazem isso.

— A não ser que você seja muito rico.

— Ou um Kennedy.

— Verdade — dei uma risadinha.

— Não me perdoou oficialmente, mas fez isso como pessoa. Ele disse que passamos a vida toda encontrando almas gêmeas; topamos com elas, saímos com elas; elas são nossas amigas; às vezes, se tivermos sorte, elas se tornam nossos cônjuges. Quando ficamos totalmente em paz na companhia de um estranho, é sinal de que se trata da pessoa certa, mas a questão é saber qual é o momento certo.

— Nós somos estranhos? — Ouvi um cauteloso tremor em minha voz.

— No metrô, todo mundo estava chateado, irritado e infeliz. Sentado a seu lado, senti uma paz total dentro de mim e em todos à nossa volta. O tempo todo eu não sabia quem você era, só percebi quando as portas se fecharam.

Nós nos inclinamos para nos beijar, como se tivéssemos ensaiado milhares de vezes aquele momento.

No instante em que nossos olhos se fecharam e nossos lábios se pressionaram, ele parou.

— Eu vi você uma vez — lembrou.

— Quando?

— Alguns anos depois de você ter ido embora. Meu pai precisou cuidar de uns negócios na cidade, e eu fiquei andando pelo cais. Tentava parecer um cara descolado, sabe como é, fumando um cigarro. Você passou por mim, carregando uma âncora.

— Provavelmente era mais leve do que parecia.

— Você suava, e seu cabelo estava puxado para trás. Por um momento, por causa dos músculos dos seus braços e da camiseta velha sem mangas que você usava, achei que era um homem. Nunca esqueci disso. Eu disse para mim mesmo: "É o homem mais bonito que já vi." Você colocou coisas em uma balança e brincou com um italiano que a agarrou por entre as pernas. Meu pai deve ter me visto olhando, pois se aproximou e perguntou se eu tinha reconhecido você. Ele me disse que era a "Catherine Maluca". Contou que seu pai tinha um negócio próspero e que você ia para a faculdade, mas, por enquanto, era uma simples ajudante do cais do porto, como o resto da garotada.

Recuando para a extremidade do meu assento, encostei a cabeça no vidro.

Johnny continuou:

— Foi nessa época que comecei a perceber que me faltava algo na vida. Tentava pular fora de todos os modos. Até mesmo invejei você por ser livre.

— Gostaria que me dissesse por que nos ignorou no passado.

— Eu não fui capaz de perceber que precisava da aprovação dos meus amigos e achei que, quanto mais longe eu ficasse, menos magoaria você.

— Isso parece uma coisa engraçada de se dizer, não é mesmo? — perguntei.

— É. Acho que sim.

Queria ficar mais perto de Johnny, mas tinha medo de me mexer.

— Você acha que é a única que se lembra do que fizemos? — Seu tom de voz atingiu uma altura que demonstrava um desgosto profundo. — Eu jamais consegui que uma mulher me dissesse exatamente o que queria.

— Não entendi.

— As mulheres que querem um relacionamento passam tanto tempo tentando agradar a um homem que só pedem o que elas querem quando é tarde demais. Parece que só quando uma mulher sabe que vai se deitar apenas uma vez com um homem é que ela diz exatamente o que quer. Eu só encontrei putas que gostavam de falar sacanagem e dizer exatamente *como* fodê-las e *onde*...

— Então eu fui o quê?

— Você era minha semelhante.

— Por favor, não use essa palavra.

— Eu venho esperando uma mulher que me diga do que gosta e do que não gosta, sem se sentir vulnerável. Fiquei acostumado a transas de uma noite. O casamento com um boa moça católica e a necessidade de pular a cerca de vez em quando parecia ser a solução.

— A culpa não foi toda minha — defendi-me.

— É mesmo? Você tinha o livro.

— Você tinha o sonho de trepar com a viúva Santiago.

Ele sorriu.

— Você se lembra de tudo, não é mesmo?

— Eu me lembro que, depois que você foi embora de minha casa, me senti tão solitária, que jurei nunca deixar mais ninguém entrar.

— Parte de mim quer dizer: "*Ei, nós tínhamos catorze anos... o que a gente estava querendo?*". Mas sei que não foi bem assim.

— Se você se sentiu torturado todo esse tempo pelas suas lembranças, e sabia onde eu estava, por que não foi me procurar? — perguntei.

— Quem ainda acredita em contos de fada, Catherine?

Seguiu-se um demorado silêncio entre nós.

— Se você anda tão cansada de ficar sozinha, como eu, vai tirar a mão do trinco da porta e parar de planejar a sua fuga. — Ele esticou a mão para eu segurá-la.

Eu nem notara que meus dedos tinham se dirigido para o trinco e agarrado-o firmemente.

— Quer perder esta oportunidade e depois descobrir que foi a nossa última chance?

Embora eu tivesse esperado toda a minha vida para tê-lo de volta, abri a porta da caminhonete e assim permaneci até meus braços ficarem novamente ensopados e uma onda trovejante percorrer os meus ossos. Minha mente me dizia para caminhar os 60 quilômetros de volta ao meu hotel, mas, pela primeira vez, meu coração não atendeu. Fechei a porta para a chuva lá fora e escorreguei pelo assento úmido para junto dele.

Agradecimentos

O primeiro romance de um autor é o reflexo de pessoas, lugares e idéias que influenciaram a vida do indivíduo. Estendo minha profunda gratidão a:

Mentores: A sabedoria do meu agente Simon Green e a orientação de Dan Green, os quais eu jamais teria conhecido, respeitado e estimado sem uma apresentação feita por Frederick Reiken. Reverencio a força de caráter e a clareza crítica da minha editora, Laurie Chittenden. Não teria havido nenhum incentivo para ser bem-sucedida no mundo literário sem o conhecimento que me foi transmitido por Craig Nova, Edward Hoagland, Michael O'Donoghue, Bob Guccione Jr., Phebe Chao, Elizabeth Coleman, Phillip Lopate, James Lasdun, Richard Locke, Peter Cameron, Le Anne Schrieber, Rebecca Goldstein, Helen Schulman, Etham Canin, Annie Blythe, Alice Wingert, David Bourns, John Ment e o fôlego de David Swenson.

Mulheres Maravilhas: Para Kathryn e Jessica Hoffman, as irmãs que juntaram os meus pedaços depois que eu desmoronei. Também fico honrada pelo amor que recebi de Valerie Marcus, Samantha Gold, Erica Herman, Michelle Bogin, Maria Rosenblum, Courtney Baker, Laura Gevanter, Hannah McCouch, Amanda

Gersh, Jennifer Lucas, Rachelle O'Connell, Bella Gerber, Rosie Wagner, Andrea Scheithauer, Pippe Bruess, Karin Granner, Evelyn Petros e Beverly "Woodstock" Davis.

Super-Homens: Sou grata todos os dias à jóia com quem me casei, Alexander Hruby, e à amizade de Tom Paine, Ken Foster, Michael Andrew Pascal, Ray Haboush, Alexander Kwit, Brian Katz, Matthew Ellis, Florian Sachiisthal, Dustin Schell, Albert Simmons, Ernesto Rodriguez e Chris Newman.

Família: Sou eternamente grata à minha mãe, Eve Van Syckle, e à sua política especial de não emitir julgamentos. Eu não teria alcançado os meus objetivos sem o envolvimento de Elizabeth Caro, Peter Keller, Jeff Le Fevre, Joan Snitzer, Chouteau Merrill, Suzanne Rubin, Valentine Bureau, Cheryl Hardwick, Holly e Hugh McKracken, Susan e Bob Hoffman, Christa e Heinz Hruby, Mary e Marc Walsh, dos Abram, Buck, Le Fevre, Fassini, Orzack, Winter, dos alunos da minha Berkshire School, e da força inquestionável da tribo Van Syckle: Peter, Lorraine, Kim e Richard.

Publicações: Um editor ou uma publicação normalmente dá esperança quando a dúvida domina o espírito de um escritor. Jamais esquecerei as vozes de Lois Rosenthal, da *Story Magazine*; Melanie Rigney, da *Writer's Digest*; Lauren Hicks Shelley, da *Garden Design*; Jennifer Niesslein e Stephanie Wilkinson, da *Brain, Child*; Rebecca T. Godwin e Art Flanagan, da *Quadrille*.

Especialistas em Imagem: As alegrias de ser escritor são os numerosos dias em que você pode deixar de ser vestir bem e ficar em seu estúdio com o cabelo despenteado. Sou grata a Charlie Green e a seus talentos como maquiladora, e a Marion Ettlinger, por sua visão e habilidade em fazer aflorar a cor da minha personalidade em preto-e-branco.

Instituições: O sucesso é medido de várias formas; o meu é medido pelo tempo que passei na Ethical Culture Schools, na George School, no Bennington College, na Columbia University, na Thurber House e no American Bar & Grill do Mike.

ANDES HRUBY nasceu na Venezuela, foi criada em Nova York, fez o preparatório na Pensilvânia, cursou o secundário em Vermont e completou os estudos de bacharelado na cidade de Nova York. Atualmente, divide o seu tempo entre Áustria, Connecticut e Costa Rica.

Este livro foi composto na tipologia
Minion em corpo 11/15.5, e impresso em
papel *Offset 90g/m²* no Sistema Cameron
da Divisão Gráfica da Distribuidora Record.